オール・ユー・ニード・イズ・ラブ

東京バンドワゴン

小路幸也

集英社文庫

目次

登場人物

堀田家

勘一　我南人の父。明治から続く古本屋〈東京バンドワゴン〉の三代目店主

サチ　我南人の母。良妻賢母で堀田家を支えてきたが、六年前、七十六歳で他界

我南人　伝説のロッカーは今も健在。いつもふらふらしている

藍子　我南人の長女。画家。おっとりした美人

紺　我南人の長男。元大学講師。現在は著述家

青　我南人の次男。プレイボーイの長身美男子

花陽　藍子の娘。医師を目指す高校一年生

研人　紺の息子。音楽好きな中学二年生

かんな　紺の娘。いとこの鈴花と同じ日に生まれる。活発な性格

鈴花　青の娘。おっとりした性格

秋実　我南人の妻。太陽のような中心的存在だったが、九年ほど前に他界

マードック　藍子の夫。日本大好きのイギリス人画家
亜美　紺の妻。才色兼備な元スチュワーデス
すずみ　青の妻。肝の据わった古本屋の看板娘
草平　勘一の父。二代目店主
美稲　勘一の母
淑子　勘一の妹。海外に嫁ぎ、晩年は葉山で暮らしていた
大山かずみ　昔、戦災孤児として堀田家に暮らしていた。引退した女医
藤島直也　常連客。若くハンサムな元ＩＴ企業の社長。新会社を設立。無類の古書好き
三鷹　藤島の学友。元ビジネスパートナー
永坂杏里　藤島・三鷹の大学の同窓生。藤島の元秘書
木島　雑誌記者。我南人のファン
茅野　常連客。定年を迎えた、元刑事

真奈美　小料理居酒屋〈はる〉の美人のおかみさん
コウ　真奈美の夫。〈はる〉の板前。無口だが、腕は一流
真幸　コウと真奈美の長男

池沢百合枝　日本を代表する大女優。青の産みの親
折原美世　若手女優。本名は三迫佳奈
脇坂修平　亜美の弟
脇坂夫妻　亜美の両親

祐円　勘一の幼なじみ。神主の職を息子に譲った
康円　祐円の息子。現神主
新さん　建設会社の二代目。我南人の幼なじみ
道下　和菓子屋〈昭爾屋〉の二代目。我南人の幼なじみ

三崎龍哉　葉山に住む我南人の音楽仲間
千田くるみ　図書館司書。大の本好き
酒井光平　龍哉とくるみの親友

増谷裕太　近所に住む好青年
玲井奈　裕太の妹
会沢夏樹　我南人の事務所で働いている
小夜　夏樹と玲井奈の子

芽莉依　研人のガールフレンド

玉三郎・ノラ・ポコ・ベンジャミン　堀田家の猫たち
アキ・サチ　堀田家の犬たち

本書は、二〇一四年四月、書き下ろし単行本として集英社より刊行されました。

ブックデザイン　鈴木成一デザイン室

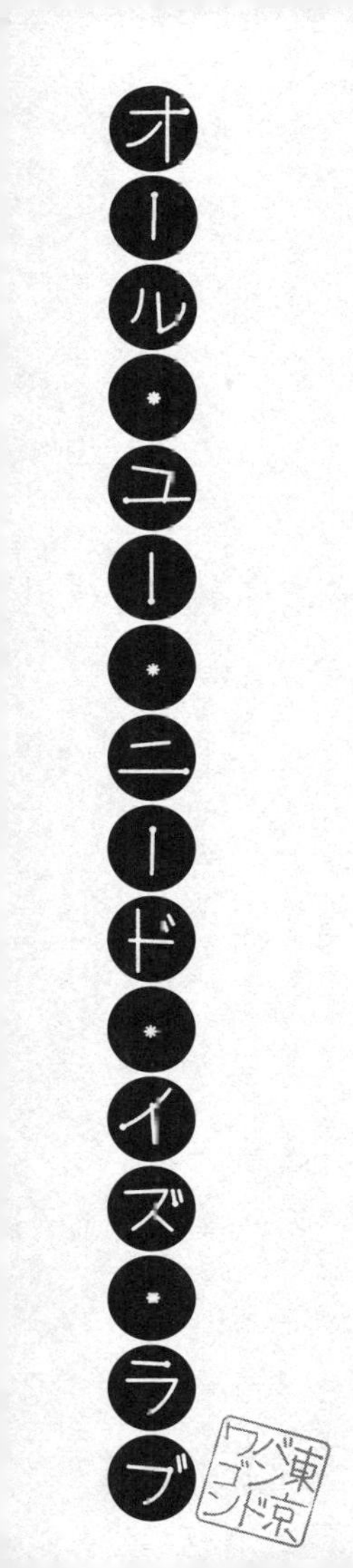
オール・ユー・ニード・イズ・ラブ
東京バンドワゴン

昔馴染みと紅花染めは色がさめてもきがのこる、などと言いましたね。

わたしが住んでおりますこの辺りはやたらとお寺が多く、目に映るすべてのものに古き薫りが残っている情緒溢れる町です。初めて足を踏み入れたのはまだ十代の頃でしたが、その頃からもう既に年を重ねた良さが表れていました。

古いものが変わらずにあるというのは、良きものは時を超えていつまでも残るということです。お人柄もそうですよね。長い年月の間に様々な経験を重ねて変わってしまうところ、薄れてしまうところはあるものの、三つ子の魂百まで。根っこのところでは人間そうそう変わるものではないのです。少しばかり合わないなと思った部分も、年を重ねていけばそれもまた味と思えてきたりもしますよ。

風雨に晒され褪せた板塀でも、木目はしっかりと文様のようになって目に留まります。角が落ち苔生した石段は、足裏にしっとりと柔らかさが伝わってきます。軒先に掛けられた花籠から伸びた蔓は優しく風に誘うように揺れて、古木の梯子に絡みつき得も言われぬ風情。猫が並んで歩けば尻尾が両隣の壁に触れる路地を渡る風は柔らかく、楽しそうに走り回る子供たちの汗ばんだ肌を撫でていきます。

そういうものが当たり前のようにここにはあり、いつまでもいつまでも気を残してくれますね。

昔馴染みのような気安さがある下町で、築七十年以上にもなる今にも朽ち果てそうな風情の日本家屋が、我が堀田家です。

〈東京バンドワゴン〉という少々妙な名前が屋号の古本屋なんですよ。

明治十八年、先々代で、わたしの義理の祖父である堀田達吉がこの地で創業いたしました。この屋号はかの坪内逍遥先生に付けていただいたそうで、創業当時から妙な名前だと言われていました。けれども、考えてみれば百三十年近く経った今も妙だと言われ続けているのは、坪内先生の感性の鋭さ故なのではないでしょうかね。瓦屋根の庇に今も鎮座まします黒塗りに金文字の看板は、昔も今もわたしたちを上から見守ってくれているような気がします。

明治、大正、昭和と細々ながら営業を続けてまいりまして、平成の世も二十数年。時代の流れで隣にカフェも造りまして〈かふぇ　あさん〉という名前がついていますが、二つあっても紛らわしかろうと、どちらも〈東京バンドワゴン〉で通しています。

あぁ、いけません。

ご挨拶もなしに、長々と話をしてしまうのが習い性になってしまいました。どなたの目にも触れない姿になって随分と時が経っていますので、お行儀も悪くなっていますね。

相済みません。

何かとてもお久しぶりのようにも思いますし、毎週お会いしていた時期もあったような気もします。おかしいですね。

お初にお目に掛かる方もいらっしゃいますでしょうか。お馴染みの方も、皆さん大変失礼いたしました。

わたしは堀田サチと申します。

堀田家に嫁いできたのは六十余年も前、終戦の年のことです。随分と慌ただしい中での嫁入りだったことは、以前にお話しさせていただきましたよね。長い年月、堀田家の嫁として騒がしくも楽しい日々を過ごさせてもらいました。


我が家に巻き起こる、少しばかりお恥ずかしい騒動の顛末をお話しさせていただくようになって、どれぐらい経ちましたか。何か堀田家では年を追う毎に人が増えていくような気もしますが、改めて、わたしの家族を順にご紹介させていただきますね。

家の正面に立ちますと入口が三つあります。ちょっと迷ってしまうでしょうが、実は真ん中はあまり使われることはありませんので、まずは左側のガラス戸から中へどうぞ。金文字で〈東京バンドワゴン〉と書かれているそこが、創業当時からまったく変わらない古本屋の入口になっています。

戸を開けますと、正面の少し右側。これも創業当時から並ぶ木製の本棚の奥、三畳分の畳が敷かれた帳場に座り、文机に頬杖して煙草を吹かしていますのがわたしの夫であり、〈東京バンドワゴン〉三代目店主の堀田勘一です。

次の誕生日が来れば八十四歳になりますか。ごま塩頭に顰め面に大柄な身体。若い頃は柔道四段の猛者で三度の飯より喧嘩が好きで、何かと言えば家を飛び出して傷だらけで帰ってきたそうです。声も大きければ態度も大きいのでおよそ商売には向いていないと思われるかもしれませんが、あれで女性には優しいですし、涙脆く気が細かいところもあるのですよ。古本屋を継ぐぐらいですから文学はもちろん芸術方面にも明るく、昔はバイオリンなどの楽器も嗜みました。曾孫が全員結婚するまで死なないと言っていますから、あと二十年は元気でいてくれるのでしょう。

そうですね、帳場の後ろの壁の墨文字が気になりますよね。

あれは我が堀田家の家訓なのです。

〈文化文明に関する些事諸問題なら、如何なる事でも万事解決〉

創業者である堀田達吉の息子、つまり義父堀田草平は、善き民の羅針盤に成らんと新聞社を興そうとしましたが、世がそれを許さず志半ばとなり、心機一転家業を継ぎました。その際に「世の森羅万象は書物の中にある」という持論からこれを家訓とすると宣言したそうです。勘一の話では、おそらくは道半ばとなってしまった自分への戒めもあったのではないかと。まだ勘一が小さい頃にはこの家訓のお蔭で様々な揉め事や事件が舞い込み、古本屋よりもそちらで忙しかったと聞いています。いつかその顛末も皆さんにお話しできれば嬉しいですね。

その家訓ですが、他にも壁に貼られた古いポスターやカレンダーを捲りますと我が家のそこここにたくさん現れます。

曰く。

〈本は収まるところに収まる〉

〈煙草の火は一時でも目を離すべからず〉

〈食事は家族揃って賑やかに行うべし〉

〈人を立てて戸は開けて万事朗らかに行うべし〉等々。

トイレの壁には〈**急がず騒がず手洗励行**〉、台所の壁には〈**掌に愛を**〉。そして二階の壁には〈**女の笑顔は菩薩である**〉、という具合です。

家訓などという言葉自体を知らない方も多いご時世でしょう。ですが我が家の皆は、老いも若きもできるだけそれを守って日々を暮らしていこうとしているのですよ。

今、本棚の前に立ち本の整理をしているのは、孫の青のお嫁さんで、すずみさんです。大学で国文学を専攻し、卒論はかの二葉亭四迷についてだったとか。中学生の頃から古本屋さんになるのが夢だったという今どき本当に珍しいお嬢さんですよ。いつまでも少女らしさを残す可愛(かわい)らしい笑顔ですが、こう見えて度胸も気(き)っ風(ぷ)の良さも天下一品。古本の目利きも大したものでして、いつかは勘一の代わりに帳場に座るのだろうと評判の看板娘です。嫁いできてもう四年。すっかり我が家にはなくてはならない存在になっていますね。

あぁ、どうぞどうぞご遠慮なく。帳場の横を通り抜けて、そこから居間に上がってくださいな。

居間に寝転がり、同じように寝転んでいる猫のお腹(なか)を撫でているのは、わたしと勘一の一人息子、我南人(がなと)です。

もう六十半ばになろうかというのに、金髪の長髪は相変わらず。ロックンローラーなるものを生業(なりわい)にしていまして、巷(ちまた)では「伝説のロッカー」とか「ゴッド・オブ・ロック」などと呼ばれてもいるようです。時にはファンの方がたくさんカフェに押しかけ、即席のサイン会になってしまうこともありますから、その呼び名も伊達(だて)ではないのでしょう。昔から家には寄りつかず、奇抜でおかしな格好をしてふらふらしていましたが、最近は孫の世話をして家に居ることも多くなりましたね。少々厄介(やっかい)な手術もしましたし、このまま落ち着いていてくれればいいのですが。

その我南人の向かい側、真剣な表情でノートパソコンのキーボードを叩(たた)いているのが、我南人の長男でわたしの孫の紺(こん)です。

一時期大学講師を務めたこともありましたが、今は物書きとして少しずつ世間様に名を知られてきたようです。シリーズになっている下町関係の本に加え、エッセイや小説のお仕事も定期的にいただくようになり、ようやく長男としての面目を保てるようになってきました。大ざっぱだったり捻くれ者だったりする男が多い我が家で、この子は唯一常識をわきまえ細かいところに目が行き届く智慧者です。目立ちすぎる祖父や父や弟に比べて地味だと言われますが、その堅実さがこの家を支えてくれていますよ。

今日は朝からいいお天気ですね。縁側の向こうの庭に賑やかな声が響いています。二人の小さな女の子と遊んでいるのは、同じく孫で紺の弟の青です。そこいらのモデルさんも裸足で逃げ出すほどの美しい顔とすらりとしたスタイル。見栄えの良さは母親譲りですね。旅行添乗員をしていた時期もありましたが、今は書き仕事が忙しくなってきた紺に代わって、古本屋をすずみさんと一緒に裏から支えてくれています。結婚して父親になったのにもかかわらず、カフェの手伝いに立つといまだに若い女性のお客様に大人気なんですよ。

実は青の産みの母は、日本を代表する女優である池沢百合枝さんです。父親である我南人はそれを誰にも言わずに二十数年間も隠し通してきました。以前お話ししましたようにいろいろと揉めたことも、心を痛めた日々もありましたが今はすっかり落ち着き、青も池沢さんとは毎日のように顔を合わせています。

あ、転んじゃいましたね。大丈夫ですか。庭で青と二匹の犬とおいかけっこをして遊んでいる二人の女の子は、紺の長女のかんなちゃんと、青の一人娘の鈴花（すずか）ちゃん。同じ日に生まれて次の誕生日で四歳になるいとこ同士ですね。

生まれてしばらくは何ですかよく似ていて双子と間違われていましたが、今はそれぞれのお母さんに似てきました。こうしていつも一緒にいますから大の仲良し。活発で瞳がくりんとしているのがかんなちゃんで、目元涼しげで少しおっとりしていてすぐにかんなちゃんの後ろにくっつくのが鈴花ちゃんです。可愛らしい二人は今や我が家のアイドルですね。

そろそろカフェの方で飲み物などいかがですか。

カウンターの中で洗い物をしているのが、孫で我南人の長女の藍子（あいこ）です。画家としての才能もありまして、カフェの壁には藍子の作品もたくさん掛かっていますよ。大学生の頃に教授だったすずみさんのお父さんと恋に落ち、花陽（かよ）を産んでシングルマザーとして育ててきました。それはもう色々とごたごたもありましたが、今では藍子も花陽もすずみさんも家族として心から仲良くやっています。藍子はご近所の日本画家マードックさんと結婚して、今はすぐ隣の〈藤島（ふじしま）ハウス〉というアパートに住んでいます。とはいえ、朝から晩までほとんどこちらにいますので生活に変わりはありませんね。

その隣でコーヒーを落としているのが、紺のお嫁さんの亜美（あみ）さんです。国際線のスチユワーデスをしていた才色兼備の娘さんでして、あの地味な紺と結婚したときにはご近所さんからも堀田家最大の謎と言われたものです。その美しさのあまり、怒った顔は鬼より怖いと言われますがそんなことはありませんよ。〈かふぇ　あさん〉を造って、我が家を甦らせてくれた立役者は今も、忙しくなった紺の代わりに経理などを担当してカフェを切り盛りしてくれています。

あら、二階から歌声とギターが聞こえてきましたね。

あれは、紺と亜美さんの長男で中学生の研人です。元気で心優しい男の子ですが、どうも祖父である我南人の影響を色濃く受けたらしく、今はもう毎日毎日勉強もしないで音楽漬けの日々なのです。でも、曾祖母の贔屓目かもしれませんが、歌などは我南人よりも上手く、才能もあるように思うのですがどうでしょうか。

今二階から下りてきてカフェのカウンターに座りお喋りを始めたのは、藍子の娘の花陽です。将来は医者になりたいという目標を持ち、こちらは勉強漬けの日々です。そのせいかどうかはわかりませんが、最近目が悪くなった気がすると言い出しまして眼鏡をかけようかと話していましたね。かんなちゃん鈴花ちゃんと同じように、花陽と研人もいとこ同士なのですが、同じ家でずっと一緒に育ってきましたから、姉と弟みたいなものですね。

ちょうど良いところに買い物から帰ってきましたね。

カフェの扉を開けて入ってきた外国の方は、藍子の夫であり花陽の継父、イギリス人のマードックさんです。正式なお名前はマードック・グレアム・スミス・モンゴメリーさんと、ちょいと長めですね。大学時代に日本にやってきて、浮世絵など日本の美術と古いものに魅了されずっとご近所さんとして過ごしてきました。日本画や版画などのアーティストであり、近頃は大学や美術の専門学校での講師のお仕事も増えましたね。

一緒に買い物に出ていたのでしょう。マードックさんの隣にいるのは、わたしと勘一にとっては妹同然の大山かずみちゃんです。終戦当時に戦災孤児となり堀田家に引き取られ、家族の一員として一緒に暮らしていました。お医者様だったお父さんの後を継ぎ女医さんとなり、無医村を渡り歩いて地域診療に半生を捧げてきたのですが、引退して我が家に帰ってきました。お医者様は引退しましたがまだまだ元気一杯。忙しい藍子や亜美さんやすずみさんに代わって子供たちの面倒をみたり家事をしたりと、堀田家の日常を陰で支えてくれています。かずみちゃんも隣の〈藤島ハウス〉に住んでいるのですよ。

まぁ本当にややこしくてすみません。毎度のことですが、このように家族を一通り紹介するだけでも一苦労ですね。複雑な関係もありますから頭が混乱するでしょう。

そうそう、忘れてました。我が家の大切な家族の一員の犬猫たち。

猫の玉三郎にノラにポコにベンジャミン、犬のアキとサチもこうして変わらずに元気です。玉三郎とノラは高齢の猫でして一時期身体が弱ってきて心配したのですが、持ち直したのか近頃はとても元気ですね。ひょっとしたらあのときに尻尾が分かれてそれを隠しているのかもしれませんね。

最後に、わたし堀田サチは、数年前に七十六歳で皆さんの世を去りました。

このいつも賑やかで騒がしい堀田家に嫁いできて、思えば本当に楽しく過ごしてきました。幸せで満ち足りた人生でしたと心残りもなく、皆に感謝して瞳を閉じたのですが、気がつけばこうしてこの家に留まっています。孫や曾孫の成長を人一倍楽しみにしていたせいでしょうかね。どなたかの粋な計らいなのだろうと感謝して、いずれその日が来るまで家族の皆を見守っております。

幼い頃から勘の鋭かった孫の紺は、わたしがこうして家の中をうろうろしているのを知っています。仏壇の前に座り、ほんのひとときなのですが、話ができることもあるのです。紺の息子の研人も何故かわたしの存在を感じとってくれて、一瞬ですがわたしが見えることもありますよ。そのときにはいつもこっそり、皆に気づかれないように微笑んでくれます。そして研人の妹のかんなちゃんにもその血が受け継がれたようで、先日はわたしを見つめて「おおばあちゃん」と言ってくれました。そのうちに紺みたいに話もできたら楽しいのですが、どうなるでしょうね。

またまたご挨拶が長くなってしまいました。

こうして、まだしばらくは堀田家の、〈東京バンドワゴン〉の行く末を見つめていきたいと思います。

よろしければ、どうぞご一緒に。

(秋) 真っ赤な紅葉はなに見て燃える

一

秋深し、という時期もゆっくりと過ぎていきまして、冬の匂いも風の中に混じる頃になりました。もう間もなく十一月の声を聞きますから世間的にはもうすぐ初冬というべきなのでしょうが、秋の薫りはもう少し、あともう少し、と離れがたいものがありますよね。

庭の遅咲きの秋海棠(しゅうかいどう)は花ももうわずか。茶色の小さな実も付いてきましたね。金木犀(きんもくせい)の薫りも薄らいできて、季節は少しずつ冬へと移り変わっていきます。

そういえば去年でしたか、亜美さんがお友達から貰(もら)ってきた蝦蛄葉(しゃこば)サボテンが今年は縁側で見事な花を咲かせています。わたしはこの花を見るのはこの年になっても初めてだったのですが、なかなかに見事なもので、サボテンの花というのはこんなにも綺麗(きれい)なものだったのかと感心していました。

今日も犬のアキとサチは庭を駆け回って遊んでいます。散歩から帰ってくると気分も乗るのかいつもこうしてしばらくは庭で騒いでいますよね。それを縁側で猫の玉三郎が、あの子たちは何をやっているのか、という風情で見ています。

アキとサチが我が家にやってきたとき、玉三郎はこの二匹を自分の子供とでも思ったかのように抱っこしたり毛繕いしたりして、一緒に眠っていましたよね。大きくなった今もたまにアキとサチは眠る玉三郎にくっついていったりしています。

何せ商売をしていますから、いつもなかなか進まない衣替えもようやく一区切りつきました。勘一が着込んだ駱駝色(らくだいろ)の薄手のセーターからは、防虫剤の匂いがほんのりとしているのではないですか。ほんの数年前まではあの昔からのナフタリンの匂いがいいと言って皆を困らせていたのですが、最近は折れてあまり香りのないものでも納得しているようです。

人だけは多い我が家ですから洋服もかなりの数になります。藍子や亜美さんのお下がりを、身長が追いついた花陽が着たり、かずみちゃんの着物をすずみさんが貰ったりとそういうことも頻繁に行われます。花陽などは「これはかんなちゃん鈴花ちゃんに取っておこう！」と自分が着られなくなった服を大切に仕舞(しま)ったりしています。良いものを長く使うのはもちろん、ファッションの流行というのは繰り返すものですからね。

ただまぁ我南人が穿いていたぼろぼろのジーパンだったり、やたら派手な色使いだったりする服を最近研人が着ているのはどうかと思うのですが。でも、あの子は昔から祖父である我南人の変な鞄を学校に持っていったりしていましたからね。そういうところはセンスが合うのでしょうか。

そんな秋の十月の終わり。

相も変わらず堀田家の朝は賑やかです。

朝は何よりもまず我が家のアイドル二人、かんなちゃんと鈴花ちゃんの廊下を走り回る音が響きます。いつものことですが、二人でまだ寝ている人の布団にダイビングして起こすのですよね。秋冬の掛け布団はふかふかしていますから余計に楽しそうです。

真っ先にダイビングされるのは研人です。遠慮無しに乗っかられてしかも「けんとにい！」と二人の可愛らしい声が耳元でユニゾンで聞こえてきて、研人は毎朝大変ですね。

もちろん、それぞれのお父さんである紺と青も、それから隣の〈藤島ハウス〉に住むマードックさんもよくダイビングされています。二人で毎朝〈藤島ハウス〉に駆け込んでいきますから、管理人の高木さんもちゃんとその前に玄関の鍵を開けて待っててくれます。

三歳になったかんなちゃん鈴花ちゃんですが、もちろんまだ歯磨きは一人で全部はできません。できませんけれど、大好きな花陽や研人が歯磨きしていると自分たちもとやってきます。いつも二人の歯磨きを最後に見て仕上げをしてあげるのは花陽と研人になっていますよ。

居間では、新聞を自分で取ってきた勘一が座卓の上座にどっかと座り広げます。反対側では我南人が最近お友達から貰ったというiPadというものを何やらいじっていますが、大層便利なものですね。わたしはいつも後ろから覗き込んでいますから、使えませんけど使い方は理解しましたよ。

台所でかずみちゃん、藍子に亜美さんすずみさんがいつものように朝ご飯の支度をしています。居間の真ん中に鎮座します欅の一枚板の座卓は大正時代に作られたものだそうですが、重くてお掃除のときに動かすのが大変なのですよね。秋も深くなるとこの座卓は炬燵へと早変わりします。滅多にない長い炬燵ですから初めて見た人は驚きますよね。

座卓の上にはいつものようにかんなちゃんと鈴花ちゃんがお箸や皿を並べていきます。毎朝これをしないと座る席が決まらないものですから、勘一と我南人以外の男たちは黙ってそこらでうろうろして待っていますよね。

「ここはかよちゃん」

「ここに、けんとにぃはすわってね」

「まーどくさんはここです」

「あおちゃんは、ここにきめましょ」

「こんちゃんは、ここにすわってください」

「かずみちゃんはここ」

「あみちゃん、ここよ」

「あいこちゃんはきょうはこっち！」

「すずみちゃんはここー」


別にあらかじめ打ち合わせをしているわけではないと思うのですが、毎朝自分のお父さんお母さんの座る場所を自分で決めないで、それぞれ相手に任せるのはどうしてなのでしょうね。不思議です。そしてかんなちゃんは今日は勘一の横に、鈴花ちゃんは我南人の横に席を作ったようです。これも何故か祖父曾祖父におじさんお父さんと、男の人の隣に座ることが多いのはどうしてなのでしょうね。一度訊いてみたいものです。

今日の朝ご飯は、白いご飯に昨夜の残り物のレンコンの金平と、秋茄子とミートボールのトマト煮。いただきもののハムを使ったハムエッグに焼海苔に絹豆腐の冷奴。じゃこが掛かっていますがもちろんこれは裏のお豆腐屋さんの杉田さんのものですね。今日はできたてのおからもたくさん盛られています。千切り山芋の酢の物に、おみおつけは具沢山にしてさつまいもと人参と玉葱。おこうこはやはり秋茄子ですか。

毎朝のことですから、てきぱきと皆でどんどん運んで座卓の上に並べていきます。かんなちゃん鈴花ちゃんも運びたがるのですが、さすがにまだそれは危ないので勘一と我南人に抱き留められます。

全員揃ったところで、「いただきます」です。

「ねぇ青ちゃんの映画、どうやって観(み)に行く？　順番？　皆で一緒？」

「とうふが、とーおくてとどかないの」

「そういやよ、かんなちゃんと鈴花ちゃんの着物は作ったのかよ。もうすぐ七五三だろ」

「ねぇ新しいコート買っていい？　今年のお年玉残ってるからそれで」

「皆でいっぺんに観に行くのは無理だろ。っていうか恥ずかしいからやめてくれ」

「ふじしまんこないかなぁ。こないかなぁ」

「そういえばねぇぇ、ドラマの主題歌の仕事が来たよぉ」

「ともだちが、あおちゃんの autograph(サイン)、いまのうちにほしいっていってましたよ」

「花陽ちゃん、もう少し待ってバーゲンで買ったらどう？」

「着物はレンタルですよ旦那(だんな)さん。そんな贅沢(ぜいたく)できません」

「でもさ、青ちゃんなんでその後の仕事断ってんの？　俳優になっちゃえばいいじゃん」

「きじまんもいるよ！」

「主題歌ってお父さん何年ぶり？　まだ私たちが高校生の頃にあったわよね」

「まぁそうか。確かに贅沢はできねぇな」

「ふじしまんね、来るかもしれないよ。また〈藤島ハウス〉にしばらく住むって言ってたわ」

「でもねー、なくなっちゃったら困るなーと思って。可愛いんだよあのピーコート」

「うーん、まぁやっぱりそんな柄じゃないんだよ俺は。サインも恥ずかしいよ」

「おいあれあったろあれ。取ってくれよ。なんだ、なんとかソース。猿田彦とかなんとか」

「研人にやらせようかなぁって思ってねぇえ」

「きじまん、ってかんなちゃん、きじまさんのことですか？」

「がなっじーちゃんうたって、とーふのうた」

「藤島さん、またマンション改装でもするんですかね」

「え、なにオレがなに？　なにするの？」

「旦那さん、ひょっとしてサルサソースのことですか？」

「お歌はご飯食べてからねぇ、鈴花ちゃんぅ。たくさん唄ってあげるよぉお」

「そう！　きじまん！」

「おお、それだそれ。猿田彦ソース」

猿田彦ってサルサソースでしたか。わざと言ってるとしか思えませんけれど、そもそもこの献立でサルサソースを何にかけるんでしょうか。あぁ冷奴にですか。一瞬皆がうーんと唸って考えましたけど、まぁ豆腐サラダなどもありますからね、これは確かに合わないことはないかもしれませんね。

「そういやぁ青。あの映画にはシゲの野郎も出てるっていうじゃねぇか。こないだ自慢しに電話してきたぜ」

「出てるよ。エキストラでね。台詞もひとつふたつあるんだけど、上手だったよ」

映画の話をしていましたね。もう一年前になりますか。古書店が舞台の映画を我が家で撮る話が出て、勘一が皆さんに迷惑を掛けてしまいましたよね。

結局京都の古本業界の重鎮、重松さんのお店〈乱麻堂〉さんに場所を移して撮影され、ようやく公開されています。題名は〈古書店オーガスタ〉でしたかね。〈乱麻堂〉さんも我が家と同じぐらい歴史のある古本屋ですから、きっと良い映画になっていると思います。

「穴崎監督、青ちゃんの演技を絶賛してたわよね。楽しみだわー」

亜美さんが言うと青が苦笑いします。先日ですか、初日の舞台挨拶があり、青も出席してきましたよね。俳優としてはほとんど無名の青ですが、何せ親があの我南人ですからマスコミの方でも少しは騒がれました。

「俺の出番はほとんど佳奈ちゃんと二人きりの場面だったからだよ。ぜんぜん緊張しなかったからね」

「義妹だもんな」

「そうそう」

そうですね。亜美さんの弟である修平さんは女優の折原美世さんこと三迫佳奈さんと結婚したのですから、佳奈さんは青の義妹ということですよね。その佳奈さんが主役の映画ですし、青も重要なキャストでしたので我が家も招待券をたくさんいただきました。さすがに皆で一緒に観に行くのは無理ですから、順番で有楽町にある映画館に足を運ぶことになるでしょう。

もちろんわたしも観に行きますよ。この身体で便利なのは、映画を、映画館のもっともいい位置で好きなように観られることですね。

ごちそうさまをすると花陽と研人は学校へ行く準備。藍子と亜美さんはカフェの開店ですね。準備は紺も青もマードックさんも手伝いますし、朝ご飯の茶碗洗いや後片づけはかずみちゃんが一手に引き受けてくれています。

「行ってきまーす」

「いってらっしゃーい！」

花陽は駅に向かって高校へ、研人は駅とは反対方向の中学校へ、それぞれが出掛けるのをかんなちゃん鈴花ちゃんは手を振って玄関で見送ります。数年前までは朝も帰りも古本屋からでしたが、近頃はこの二人、きちんと裏の玄関から出入りするようになりましたね。

かんなちゃん鈴花ちゃん、二人を見送ると今度は大急ぎでカフェに向かって廊下をダッシュして行きます。開店からお店にやってくる常連の皆さんへのご挨拶ですね。もう毎朝の習慣ですよ。

「おはようございまーす！」

亜美さんが雨戸を開けに外に出ると、もう数人の常連さんが待っています。いつも贔屓にしてくれるご近所のお年寄りの皆さんですね。もちろん、わたしがお嫁に来た頃からずっと良くしてくれた顔馴染みや、我南人と幼馴染みの皆さんもよく来てくれています。あぁ、三上の薫子ちゃんも来ていますね。

薫子ちゃんは確か我南人より三つ年下でしたから、今年で六十一ですよね。お向かいの畳屋の常本さんの裏にお家がありまして、ご長男夫妻と一緒に暮らしています。今はもうやっていませんが昔はお習字の先生をしていまして、藍子と紺が小学生の頃に習いましたよ。

「おはようかんなちゃん、鈴花ちゃん」

「おはようございます！」

かんなちゃん鈴花ちゃんはもうしっかりお辞儀をしての挨拶ができるようになりまし

た。薫子ちゃんも二人を本当に可愛がってくれますよ。

挨拶の後はいつものように皆さんの間をちょろちょろ。座っていろいろとお話ししたり、お菓子を貰ったり。毎日毎日二人にお菓子を持ってきてくれる常連のお年寄りの方は多いのです。ちょっと困ったりもするのですが、孫だと思って可愛がってくれる一人暮らしの方も多いですからね。ご厚意は素直に受け取り、後でしっかり亜美さんが回収しておやつにします。

カフェにはお年寄りばかりではなく、近所に住む一人暮らしの独身の方も意外と多く来てくださるのですよ。モーニングとしてお出しするお粥のセットは好評ですし、最近はベーグルなども扱っています。ひょっとしたら売り上げは朝の時間帯がいちばん多いかもしれませんね。

藍子と亜美さんがカウンターで、青とマードックさんが運ぶのを手伝います。かずみちゃんは家の中で掃除や洗濯、紺は自分の書き物の仕事と、ちょこちょこと家とカフェと古本屋を動き回るかんなちゃん鈴花ちゃんの見守りと、我が家の仕事の分担はその日によって少しずつ違いますけど、それぞれにできあがっていますね。

もちろん、いつもふらふらしている我南人は最初から頭数に入っていません。家にいるときには孫である二人の面倒をよく見てくれますけれど、今日はどこに消えたのでしょう。さっきまでは居間でお茶を飲んでいたのですが。

「はい、おじいちゃんお茶です」

「おう、ありがとよ」

古本屋の帳場にどっかと座り込んだ勘一に、藍子が熱いお茶を持っていきます。すずみさんがガラス戸の鍵を開けて、古本屋も開店です。

朝も早くからお客さんが来るのかとお思いでしょうが、我が家の前の細い道路は実は駅前に抜ける近道になっているのですよ。ですから出勤するサラリーマンの方が軒下に出したワゴンを眺め、五十円百円という値付けの文庫本などをご購入くださることも多いのです。中には一日で読み終わって、帰りに売りに来る方もいらっしゃるので、そういう場合は貸本という形にして十円二十円を頂くことにしますよ。利鞘（りざや）の良い商売とはとても言えませんが、古本屋はお客さんが本を楽しんでくれることがいちばん嬉しいのですよ。

「ほい、おはようさん」

近所の神社の元神主で勘一の幼馴染みの祐円（ゆうえん）さんが、今日もいつも通りの時間に顔を出します。今日はカフェの入口から入ってきましたね。ふくよかな顔につるつる頭。神主というよりはお坊さんと呼びたい雰囲気なのですが、息子の康円（こうえん）さんに後を譲ってからは悠々自適の毎日。大体我が家に入り浸っていますよね。

「おはようございます祐円さん」

「よっ、亜美ちゃん今日も可愛いね」

「もう可愛いって言われて喜ぶ年じゃないですよー」

亜美さんが悪戯っぽく顔を顰めて笑います。亜美さんと紺は同い年ですから次の誕生日で三十九歳。ひとつ上の藍子はいよいよ四十代ですね。近頃ではアラフォーと言うんですよね。そんな年の話をすると藍子も亜美さんも何の話かしらー、と、とぼけるようになってきました。

「祐円さんコーヒーでいいですか？」

「あいよ。よろしく」

祐円さん、そのまま勘一の座る帳場に向かいます。

「ほい、勘さんおはようさん」

「おう。おはよう」

この二人、生まれたときからずっとこうして一緒にいますからもう兄弟同然ですよね。顔を合わせればどっちが先に死ぬかと話していますが、二人ともまだまだ信じられないほどに元気です。

「すずみちゃんどうだい、二人目はまだかい」

「ま、だ、で、す」

勘一の後ろで買い取った本の整理を始めていたすずみさんが笑いながら答えます。

「そういやよ勘さんよ」

「おう」

「こないだよ。藤島が銀座で美人さんと歩いてたって話したじゃねぇか」

「あぁ、してたな」

「あれな、お母さんだってよ」

「あ？」

煙草に火を点けた勘一が顔を顰めます。

「ついにおめぇは若い女も熟女も区別がつかなくなったのかよ」

「違うよ馬鹿野郎。後妻だ後妻だ。何でもな、藤島の親父さんが若い嫁さん貰ったんだってよ」

我が家の常連で、今ではもう親戚みたいになっている藤島さんの話ですね。そういえばいつでしたか、花陽と二人で駅に向かって歩いているときに藤島さんそんな話をしていましたね。すずみさんが本を整理する手を止めて言いました。

「あ、私も花陽ちゃんから聞きましたよ。お継母さん、弥生さんっていうんですって。それで、藤島さんとは五歳しか違わないって」

「あ？　五歳ぃ？」

「後妻だけにか！」

「そりゃあ若いな。藤島の野郎は確か三十一、二だろう」

「そうなんですよ。だからお継母さんは三十六か七歳ってことですよね。亜美さんよりお若いんですよ！」

祐円さんのくだらない駄洒落(だじゃれ)はきれいに無視されましたね。勘一は驚いた後にくいっと首を捻りました。

「そういやぁもう長いこと付き合ってるが、藤島の実家のことはほとんどなんにも聞いてねぇなぁ」

祐円さんもすずみさんも頷(うなず)きます。あの亡くなられたお姉さんがいるということだけですね。

「しいてお尋ねすることでもないですからね」

すずみさんが本を抱えて帳場から下りて、空いている棚に並べながら言います。確かにそうですよね。基本的には大人同士の付き合いですから、実家の家族構成がどうこうなんて話は本人から切り出さない限り、こちらから訊くものでもないでしょうし。

「そんな若い後妻を貰う親父さんなんてさぁ、この親にしてこの子ありでよ、商売上手で元気などっかの社長さんとかかね」

「そうとも限らんだろうよ。鳶(とんび)が鷹(たか)を産んだってこともあるだろうさ」

「あ、でも」

すずみさん、小首を傾(かし)げて少し考えました。

「そう言えば大分前に、お父様とはまるで正反対の仕事をしてるって言ってましたね。今、思い出しました」

藤島さんはもともとＩＴ企業の社長さんですから、それと正反対の仕事とは何でしょうね。

「まぁ今度来たらよ俺が根掘り葉掘り訊いとくよ。そんな若いお継母さんなんて親父さんはどうなってんだって」

「おめぇのその出歯亀(でばかめ)根性は死ぬまで治らねぇな。よく神主が務まっていたもんだ」

「いいじゃないかよ話の種だ。で、すずみちゃんそこの棚はなんだい、こないだからご大層にきちんと並べてるけど」

あぁ、と、すずみさん振り返ります。

「前から少しずつ揃えていた本なんですけど、ようやく見栄えのする数が揃ったので小さなフェアを一昨日(おととい)からやっているんですよ。川田鉄(かわだてつ)という作家さんなんですけど、知ってます？」

「いや、悪いが知らないな」

あのですね、と、すずみさん眼をキラキラさせて頷きます。本の話をするときのすずみさんは本当に生き生きしますよね。

「二十年近くも前に亡くなってしまった作家で、今はもうほとんど世間的には忘れられているんです。著作も全部絶版で古本屋にしかありません。でも、でもですね、この作家さん本当に素晴らしい作家さんなんです！」

すずみさん、ぐいっ、と前のめりになって力が入ります。祐円さんも思わずのけぞりますね。

川田鉄さんという作家さんはわたしもよく知っていますよ。著作は確か八冊ほどしかなかったはずです。今の感覚で言えば少々古めかしいのでしょうが、古き良き日本の風景と叙情を、美しい文体で表現された方ですよね。その端正な美しい物語は、確かご本人もインタビューなどで敬愛すると語っていましたが、かの川端康成さんにも喩えられましたね。

「そうかい。じゃあ今はそいつの本のフェアをやってるんだな？」

「そうなんです」

以前からたまにそういうことはやっていましたが、すずみさんが我が家に来てからは一層フェアの回数が増えましたね。ここだけの話ですが、青とすずみさんが結婚してお店を手伝うようになってから毎年古本屋の売り上げは伸びているんですよ。正に看板娘ですよね。

勘一がすずみさんと棚を見て、頬を緩ませます。

「こういうのはよ、俺ら古本屋にしかできねぇんだよな。まぁ自己満足って言われちまったらそうなんだけどよ」

「そんなことはないです旦那さん。今はツイッターとかフェイスブックとかとにかくどんな小さな情報でも何かのきっかけであっという間に広まる時代なんです。こういう」

すずみさん、川田鉄さんの本を並べた棚を満足気に眺めます。

「良いものは時代が変わっても良いんです。本当に小さなことでも、誰かが見てくれるかもしれない。読んでくれて好きになってくれるかもしれない。それが拡がったら出版社がまた注目して復刊してくれるかもしれない。そうなれば、私たちも古本屋冥利に尽きるってもんですよね」

「おう、そういうこった」

本当にそうですね。消えそうになっている良き物語や書物を再びお客様の元にお届けする。それを少しでも広めていく。それが古本屋にできる大きな仕事ですからね。

ご近所の皆さんや通勤通学途中のお客様が一段落つく九時過ぎになると、どちらの店の中も落ち着きます。今日はマードックさんは講義の日ではなく、アトリエに籠るようですね。

「かんなちゃんすずかちゃん、おえかきしますか？」

「するー！」

二人が手を挙げてぴょんぴょん跳ねて、〈藤島ハウス〉に向かうマードックさんについていきます。いつものことですから亜美さんもすずみさんもスモックに着替えさせた後は、お願いしますー、と声を掛けておまかせですね。アトリエではどんなに大胆にお絵描きしても、粘土をいじっても怒られませんから二人とも大喜びですよ。マードックさんの制作の邪魔にならないものかとわたしも何度かずっと一緒にいたこともあるのですが、不思議なものでマードックさんが集中しているときには、二人も真剣に何かを描いたり作ったりして決して邪魔をしません。子供心にもそういうのはわかるのですかね。

そしてかんなちゃんと鈴花ちゃん、絵を描いたり何かを作ったりするのが本当に大好きですよね。放っておくと飽きもせずにいつまでも二人で遊んでいます。身内の贔屓目でしょうが、マードックさんなどは二人の合作の、ただの色の洪水のような落書きを素晴らしいと言ってアトリエに飾っているのです。

研人もそうですが、我南人や藍子などの芸術家肌というんですか、そういうものが二人にも受け継がれているのでしょうかね。

「ノラもいこう！」

あぁ、寝ていたノラがかんなちゃんに捕まりましたね。でも、ノラはまだ小さいかんなちゃん鈴花ちゃんに乱暴に抱っこされても怒りません。そしてマードックさんのアトリエに運ばれ、連れ込まれてもじたばたせずに窓際でごろんと横になりますよね。むしろ家よりも陽差しがたくさん入って暖かいので、案外良いところだと思っているかもしれません。

この時間になるとかずみちゃんも〈藤島ハウス〉の自分の部屋に戻ってきたりもしますから、二人はかずみちゃんの部屋でお話ししたり遊んだりもしますよ。

*

ランチタイムの忙しい時間も過ぎて、のんびりとした空気がカフェや古本屋にも漂っています。今日はお天気も良くて暖かい日ですね。小春日和と言うのには若干季節が早いでしょうが、お散歩にも良い陽気です。

お昼寝から起きたかんなちゃん鈴花ちゃんはまた〈藤島ハウス〉のマードックさんのアトリエです。気が乗ると一日中アトリエにいることもありますからね。ノラはお昼に我が家に戻されましたよ。藍子と亜美さんとかずみちゃんが居間で一息ついて、お茶の時間ですね。カフェのカウンターにはすずみさんと青が立っています。

からから、とカフェの扉が開いてお客さんがお見えになりました。若いお嬢さんですね。

「いらっしゃいませ」

すずみさんと青が同時に声を出してそちらを見ると、青が先に反応しましたね。

「あぁ！　岸ちゃん！」

「こんにちは。お久しぶりです」

お嬢さん、にこりと微笑んで頷きます。ジーンズにスニーカーという軽装。ショートカットが爽やかな背が高い方ですね。さてわたしは見覚えがないのですが、どなたでしたか。岸ちゃんと青が呼んだお嬢さん、軽やかに歩いてカウンターまで来ました。

「どうもその節はお世話になりまして。もっと早くにお邪魔したかったんですが、なかなか来られなくて」

「いやいや、わざわざありがとうございます」

青がにこやかに応対して、すずみさんの方を見ました。

「〈古書店オーガスタ〉の脚本家の岸田さん。妻のすずみ」

「あぁ！」

青がそれぞれに紹介すると、すずみさんも大きく頷き、頭をぴょこんと下げました。

「どうもお世話になりました。初めまして、すずみと申します」

「こちらこそお世話になりました。映画の脚本をやらせてもらいました岸田と申します」

岸田さん、ちょっと慌てて鞄を探って、名刺を取り出しました。〈岸田安見〉さんとありますが、まぁいいお名前ですね。そして、あの映画の脚本家の方でしたか。岸田さんはきっとうちのことを青からは聞いていたんでしょうね。

「と言っても、私はまだ駆け出しで、あの映画は監督との共同脚本なんですけど」

椅子に座りながら岸田さん、ちょっと恥ずかしそうに首を竦めます。

「でも監督も褒めてたよ。岸ちゃんは勘が良いって」

「いやもう全然で」

言いながら岸田さん、お店や古本屋の方に眼を向けます。なんだか嬉しそうですね。

青がちゃん付けで呼んで、駆け出しということはお年もまだ二十代なのでしょうね。

「本当に古本屋とカフェが一緒なんですね！　すごいです」

「別にすごくはないけど、ゆっくり見ていってよ」

青が苦笑しながらすずみさんを見ました。

「脚本家を志すぐらいだからね。岸ちゃんも相当な本の虫でさ。〈乱麻堂〉でも毎日通って狂喜乱舞してたよ」

「そうですか。うちも〈乱麻堂〉さんに負けないぐらいですから。ぜひごゆっくり！」

「はい！」

岸田さん、くすりと微笑みます。

「青さん、いつも撮影中に皆に写真を見せて自慢していたんですよ。奥さんのこと」

「え？　私の写真？」

「あ、それ」

すずみさんがちょっと驚いて青を見ました。すずみさんの写真なんか持ち歩いていたんですか青は。

「いや、すずみだけじゃないでしょう。鈴花や家族の写真と一緒に見せただけじゃないか。どうしてそうやって人を陥れるかな」

青が苦笑いして、すずみさん、ちょっと嬉しそうに照れたりしましたね。子供も三歳になったというのにいつまでも初々しい二人ですよ。撮影中は一週間ほど家を空けることもありましたから、写真なんかも持っていっていたのでしょうかね。まぁ仲良き事は美しき哉(かな)ですね。

古本屋の帳場では勘一がお茶を啜(すす)りながら、紺と二人で何やら難しい顔で文机に何冊も本を並べて眺めています。どうやら同じ本のようですから、傷みの程度の差で値付けをどうするかを考えているのでしょう。

我が家で売る本には必ず屋号入りの値札を貼り付け、そこに値段を手書きで書いています。なるべく支払うときにお客様の手を煩わせないように基本は百円単位で考えますが、このように同じ本がいくつも入ってくると、程度の差でどうしても十円とか五十円とかの細かい差を付けざるを得ないものもあるのです。そこは難しいところですね。

リサイクルの本を売るような大きなお店ではきれいに見せるために本の小口を削った

りすることもあるようですが、わたしたちはそれを好みませんね。本は、出版された当時のままにあるべきもの。もちろん、黴とか汚れは、本そのものを傷めない程度にきちんと取り除いての話ですが。

からん、と、ガラス戸の土鈴が鳴ってこちらもお客様が入ってきました。小さい女の子の姿が見えましたよ。一緒に入ってきたのはそのお父さんとお母さんでしょうか。

あらまぁ、お久しぶりの方ではありませんか。

「いらっしゃい」

勘一も顔を上げてそう言った後に気づいたようですね。そして女の子を見て相好を崩します。

「よぉ、久しぶりじゃねぇか」

「どうも、ご無沙汰しています」

「こんにちは！」

爽やかな笑顔の男性は増谷裕太さんですよね。以前は〈藤島ハウス〉のお隣の〈曙荘〉にいらっしゃった方ですよ。持ち込んだ本が刳り貫かれてお金が入っていたり、妹さんの玲井奈ちゃんの赤ちゃんの騒ぎがあったりしましたね。

そして女性の方はその玲井奈ちゃんでした。女の子は小夜ちゃんですね。玲井奈ちゃんと小夜ちゃんは、二、三ヶ月に一度ぐらいは顔を見せてくれていますよ。今年四歳になった小夜ちゃんは、かんなちゃんと鈴花ちゃんとも仲良しです。

「勘一おじさん、こんにちは」

「はい、こんにちは」

　小夜ちゃんさすが四歳ですね。挨拶の仕方もしっかりとしています。声を聞きつけて藍子も亜美さんも顔を見せました。

「いらっしゃい、どうぞー」

　まぁ上がれと勘一と紺が居間に戻ります。小夜ちゃんはもうかんなちゃん鈴花ちゃんと遊びたくてしょうがないですね。かずみちゃんが、〈藤島ハウス〉にいる二人のところに連れて行ってくれました。

「はい、どうぞ」

　亜美さんがコーヒーを持ってきます。亜美さんとすずみさんと玲井奈ちゃんはママ友というものですよね。普段でもあれこれ、携帯のなにやらいろいろありますよね、それで会話などはしているそうですよ。勘一と紺が居間に座ったので、すずみさんが古本屋に回りまして、藍子と亜美さんがカフェに戻りましたね。

「で、どしたい。兄妹(きょうだい)揃ってなんてのは珍しいな。仕事は休みか？」

「はい、今日は有休を取って玲井奈と」

「有休？　何かあったのか」

勘一が少し眼を細めました。

「いえ、裏の田町さんの件でちょっとご相談に」

「おう、田町さんところか。紺に聞いたのか？」

そうなんです、と裕太さん頷きますね。

「この間ね、皆で住める安くて広いところを探すんだって言ってたからさ。ちょうどいいから、見るだけでもどうって教えたんだ」

紺が言います。裕太さんが以前に一人で住んでいた〈曙荘〉は我が家と同じぐらい古くて風情のあるアパートだったのですが、いつでしたかね、ついに取り壊しになってしまいました。

裕太さんも今は大学院を卒業し就職して、お母様と一緒に暮らしているはずですが。

「皆ってのはあれか。玲井奈ちゃんも来てるってことは、お母さんも夏樹もってことか」

「そうなんです」

玲井奈ちゃんの旦那さんの会沢夏樹さんは、我南人の事務所でマネージャーとして働いています。仕事ぶりが認められて正社員となって随分経ちますよね。確か玲井奈ちゃんときちんと所帯を構えていたはずですが。

「夏樹くんももう親はいませんから、うちの母と一緒に暮らしたいって言ってましたし、玲井奈も家計を支えるのに働きたいと言ってますから、そうなると同居した方が都合が良いし」

「ってぇことは」

勘一が指を折ります。

「お母さんと裕太と玲井奈ちゃんと夏樹と小夜ちゃんか。まぁそれぐらいなら田町さんところはちょうどいいってもんかな」

我が家と長年お隣さんだった裏の右隣の田町さん。庭の枇杷の実が生るとそれを狙うカラスと研人との、丁々発止のやりとりも以前はよくありましたよね。

ところが、ついこの間、田町さんはご主人も奥さんも二人とも体調を崩したりなんだりで施設に入ることになったのですよ。まぁ時の流れは無常と言いますし、そういうのはどうしようもないことなのですが、やはり淋しさは感じます。

家はどうするのかと思ったら、相談があると田町さんのお子さんたちが我が家にやってきたのですよ。いずれ売ることになるとは思うのだけど、両親が生きている間にどうこうする気はない。さりとて空家になると家は傷む。古い家をきちんと使ってくれる人がいたら紹介してほしい、と頼まれていたのですよね。

「あそこはまぁ我が家よりは新しいとはいえもう築四十年だけどよ。ちゃんとした造りだぜ。大事に使ってきたからまだまだ大丈夫よ」

勘一が言うと、裕太さんも頷きました。

「将来的には、どこか郊外に家をとは考えているんですけど、それまではやっぱり家賃が安くて広い方がいいので。それに」

裕太さんが玲井奈ちゃんを見ると、玲井奈ちゃん、こくんと頷きました。

「引っ越しするなら、小夜がまだ小学校に上がる前がいいなって思って」

「そりゃそうだな。ここに引っ越してくりゃあ、うちのかんなも鈴花も遊び相手が増えて喜ぶってもんだ。家賃も住んでくれりゃあそれでいいって値段だしな」

裕太さん、少し恥ずかしそうに微笑んで頷きました。

「実はそれがいちばん大きかったんです。古くても何でも」

そりゃそうだ、と勘一も笑いました。

「まぁとにかく鍵はうちで預かってるから、紺と一緒に行って見てこいや。気に入らなかったらそれはそれで別にいいんだからよ」

「はい、ありがとうございます」

小夜ちゃんが向こうで遊んでいるうちに、と、三人で連れ立って裏の玄関から出ていきました。藍子がコーヒーカップを片づけに居間に来ましたね。

「裕太くんたちが入ってくれたら、賑やかになっていいわね」

話は聞こえていたのでしょうね。

「おう、そうよな。やっぱり近くに空家があるってのは背中がすぅすぅしていけねぇしな。かといってろくでもねぇ連中に入ってもらっても困るしよ」

亜美さんも、エプロンで手を拭き拭き入ってきました。

「そのうちに玲井奈ちゃん、カフェでアルバイトしてくれたら助かるかも！　あの子可愛いし気っ風もいいし」

「あ、それいいですね！　忙しいときに裏に声を掛ければすぐですから！」

古本屋の帳場からすずみさんも顔を覗かせましたね。確かに近頃はマードックさんも紺も忙しくて、学校行事などが重なると、人手が足りないことが多くなりましたよね。これでかんなちゃん鈴花ちゃんが揃って小学校に入るとますますそういうことは増えるでしょう。

女性陣の様子に勘一が苦笑いします。

「しかし裕太もよぉ、わざわざ有休取ってまで一緒に家を見に来るって、真面目過ぎじゃねぇかおい」

藍子も亜美さんもすずみさんも、あぁ、と頷きました。

「自分の奥さんもまだなのに、妹の家族も含めて将来皆で住む家のことを考えてるって凄いですよね」

すずみさんです。

「彼女はいないのかしらね。見たことないけど」

藍子が言うと亜美さんも頷きます。

「そういえば前に玲井奈ちゃん言ってたわ。うちのお兄ちゃんは堅物過ぎて困るって」

確かに裕太さん、生真面目過ぎるところはありますよね。でも真面目なことは結構なことですよ。うちの我南人に爪の垢でも煎じて飲ませたいところです。

どらどら、と勘一が立ち上がり帳場に戻ります。

あぁ、先程の岸田さんでしたか。青との話も一段落したのか本棚の前にいますね。もっとも相当の本好きということでしたからこちらが目的だったのでしょう。棚に並んだ古本の背表紙をじっくりと見ています。

長いこと古本屋をやっていると棚を見る様子でわかりますよね。もちろん目的の本があってそれを探す人は別ですが、とにかく古書好きの方はまんべんなくゆっくり見て回ります。気になる本があれば手に取り、またじっくりと読みます。一時間二時間などあっという間に経ってしまいますよ。

帳場を勘一に譲って、また本の整理を始めたすずみさんももちろんわかっていますから、声は掛けません。時折ちらりと様子を見て、もし欲しい本を抱えているようなら、取っておきますよ、と声を掛けます。本好きな方には大人しい人が多いですからね。そういう心配りも大切です。

十四、五分も経ったでしょうかね。すずみさんがちらちらと岸田さんを気にしています。なんでしょう。

わかりました。フェアをやってる棚ですね。ゆっくり見て回っていた岸田さんがその棚に近づいたので、手に取ってくれないかなぁと期待しているんでしょう。その気持ちはわかりますよ。

あら、でも、どうしましたかね。岸田さんの動きが急に止まりましたが。

居間に紺と裕太さんの声が響きました。田町さんの家を見て戻ってきましたね。玲井奈ちゃんの姿が見えませんが、そのまま小夜ちゃんを迎えに〈藤島ハウス〉に行きましたか。

裕太さんも読書は嫌いじゃありませんよ。玲井奈ちゃんが戻ってくるまで古本を眺めようと思ったのか店に下りてきました。

「あれ？」

裕太さん、声を上げます。

「岸田？」

その声に、棚を見ていた岸田さんの肩がびくっ、と震えてゆっくり振り返りました。

「あ、増谷くん？」

まぁ、お知り合いでしたか。

そこでまた、からん、と古本屋の戸の土鈴が鳴りました。入ってきたのは、あら、小学生の女の子です。学校帰りでしょうかね。ランドセルを背負っています。そういえばそろそろ低学年の子たちは帰ってくる頃合いでしょうか。

お店の前の道路は通学路にもなっていますから、小学生や中高生が学校帰りに立ち寄ってくれることもよくありますよ。もちろん、小学生の子供たちが座り込んで本を読み始めても、他の本を傷めたりお客様の邪魔になるようなことがなければ勘一も何も言いません。むしろ、うちで読んでいけるのならいくらでも読んでいけと言いますね。

女の子、とととっと帳場に近寄ってきます。裕太さんがちょっと場所を空けてあげて、岸田さんと並びましたね。

「はい、いらっしゃい」

勘一が笑顔で言います。女の子はぺこんと頭を下げてランドセルを下ろし、中から本を取り出しました。

「これ、買ってくれますか」

「うん？　買い取り？」

勘一が思わずすずみさんを見ました。すずみさん、そういえば、と女の子を見ましたね。しゃがみ込んで、にこっと女の子に笑い掛けます。

「お父さんと前に来てるよね？」

「はい」

女の子は、真面目な顔をして頷きました。わたしは見覚えがありませんが、何年生でしょう。背格好では二年生か三年生ぐらいでしょうか。その間に勘一は女の子が差し出した絵本を調べています。明らかに古本です。有名な絵本の『三びきのやぎのがらがらどん』ですよ。これは花陽や研人も好きでした。今でも我が家ではかんなちゃん鈴花ちゃんに読んであげています。

「お名前、なんだっけ？」

「なつかのぞみです」

「のぞみちゃんね」

なつか、というのは名塚さんでしょうかね。すずみさんが勘一に向かって、うん、と頷きました。どうやらすずみさんはその名前にも覚えがあるようですね。

さて、困りましたね。長いことお店をやってますがこういうケースはなかなかありません。青も子供の声に誘われたのかやってきて勘一が手にした絵本を眺めています。

勘一がのぞみちゃんに言います。

「お父さんは、今日はいないのかい？」

のぞみちゃん、こくんと頷きました。

「どうして、一人で本を売りに来たのかな？」

今度は青がにっこり微笑んで訊きます。池沢さん譲りのこの子の美しい笑顔は全ての年代の女性に有効ですよね。ましてや女の子のお父さんですから優しい雰囲気も今は漂いますよ。

「おやつを買ってかえるの」

「おやつかー。今日はうちに誰もいないの？」

続けて青が訊くとのぞみちゃん、また真面目な顔で頷きます。

「そっかー、ちょっと待っててねのぞみちゃん。あ、裕太くん悪いけど相手してて」

勘一とすずみさんと青が三人でささっと居間に移動しましたね。急に子供の相手を頼まれた裕太さん。ごめんなさいね本当に。でもさすが小夜ちゃんで慣れてるようですね。何やら笑顔で話しかけてくれています。岸田さんもその隣で、のぞみちゃんのことを見つめていますね。

「どうするじいちゃん」

居間で話を聞いていた紺も加わり、四人で額を寄せ合って、小声で紺が言います。勘一が顰め面をしますね。

「どうするもこうするもなぁ。未成年からの買い取りはできねぇしなぁ」

「かといって、説明したって理解できないかもしれないし、追い返すのは可哀相(かわいそう)だよ」

青が言います。確かにそうですね。すずみさんも真剣な顔で頷きました。

「あの子とお父さんが以前に何度か本を売りに来てるのは確かです。私、覚えてます。一度大量に持ってこられたので、住所も控えてあります」

「そうかよ。身元がわかってんなら、俺に任せとけ」

うん、と頷いて勘一が帳場に戻りました。

「じゃあ、のぞみちゃんな。ちょっと待っててくれよ」

勘一が大きめの付箋紙を取り出し何か書き出しました。そしてそれを、『三びきのやぎのがらがらどん』にペタッと貼り付けて、袋に入れましたよ。

「いいかい？　これはな、ここまで一人で来たお駄賃だ。百円な。そしてこの本はな。このままお父さんかお母さんに渡してくれるか？　古本屋さんがお手紙入れたからって。いいかな？」

真面目な顔をしたままのぞみちゃんは百円と本を受け取って、それを見比べます。

「本は、置いていかなくていいんですか？」

青がにっこり笑って頷きます。

「うん、今日はね、特別。お父さんかお母さんにちゃんと渡してくれたらそれでいいから」

「はい、わかりました」

ぴょこんとお辞儀をします。ランドセルに本をしまって、中から出した小銭入れに百円を入れて背負って、またお辞儀をします。

「さようなら」

「はい、さようなら」

「気をつけてね」

皆が微笑みます。それにしてものぞみちゃん、きちんとした女の子ですね。ちょっと笑顔が見えないのが気になりますが、ご家庭でのしつけがちゃんとできているのでしょう。

のぞみちゃんが店を出ていきます。その後ろ姿を、話を聞いていた岸田さんも裕太さんも少し心配そうに見送りますね。

「おい、青、一応後をついてけ。本当におやつを買うかどうかも知りたいしよ」

勘一がそう言ったときです。ぬっ、といきなり居間から我南人が姿を現しましたよ。

「僕が行ってくるねぇぇ」

「なんだよおめぇいたのか」

「さっき帰ってきたねぇ。あの子、見てくるよぉお」

そのままふらーっと店を出ていきます。一体どこで話を聞いていたのか相変わらず神出鬼没ですが、まぁ役には立ちますのでいいのでしょう。

「岸田？」

裕太さんが急に小さく驚いたような声を上げました。皆が岸田さんと裕太さんを見たのですが、まぁ、どうしましたか。岸田さんの形の良い瞳から涙がこぼれています。

「あ、ごめんなさい」

岸田さん、皆に見つめられてようやく自分でも気づいたように、驚いて涙を手で拭いました。

「ごめんなさい何でもないです。今日はこれで失礼します。また来ます。増谷くんもまたね」

岸田さん、皆に向かって小さくお辞儀すると、そそくさと立ち去ってしまいました。

二

秋の日は釣瓶落とし（つるべお）と言いますが、本当にあっという間に辺りは夕暮れの光になっていきます。古本屋の小さな窓からも、レースのカーテン越しに淡い光が差し込んできて、お客様が誰もいないと、つい頬杖を突きながらうとうとしてしまいそうになりますね。

珍しく、ベンジャミンとノラ、ポコに玉三郎と我が家の猫が全員、いいえ、全匹、床の日溜まり（ひだ）でのんびりしていますね。

すずみさんと亜美さんとかずみちゃんは、かんなちゃん鈴花ちゃんを連れて晩ご飯のお買い物です。藍子とマードックさんがカフェのカウンターに並んでいます。

「ただいまぁ」

あら、花陽がお友達の女の子を連れてカフェの入口から入ってきました。珍しいですね。お友達は制服が違いますよ。

「おかえり」

両親である藍子とマードックさんが微笑んで迎えます。

「お母さん、同じ塾に通ってる谷田さん。愛奈穂ちゃん。ラブの愛に奈良の奈に稲穂の穂だよ」

「あらそうなの。いらっしゃい」

まなほちゃんというのですね。可愛らしいお名前です。花陽はお母さん譲りなのか割と背が高いのですが、愛奈穂ちゃんは小さくてお姿も愛らしいです。

花陽は愛奈穂ちゃんに「座って」とテーブルを勧めました。

「これから一緒に塾に行くんだけど、軽くカフェで食べていい？」

「いいわよ」

二人でメニューを見ながら楽しそうに選んでいます。花陽は晩ご飯は塾から帰ってきてからしっかり食べますけど、若いですからお腹が空きますよね。

お友達は多い花陽ですが、カフェには滅多に連れてきません。それは、お友達にお金を払わせるのが申し訳ないというのと、うちでおまけさせるのも悪いという両方の理由からだったのですが、今日はどうしましたかね。愛奈穂ちゃんは本好きな子なのでしょうか。

古本屋の戸も開きましたね。

勘一が顔を上げて、おや、という顔をします。

「おう、どうした」

裕太さんがまたやってきましたよ。

「すみません、何度も」

ぺこりと申し訳なさそうに頭を下げます。

「いや何遍(なんべん)来てもらったってかまわねぇけどよ。家のことで何かあったか？」

「いや、その件じゃないんですけど、どうしても気になっちゃったことがあったので」

まぁ座れと勘一が帳場の前の丸椅子を勧めます。玲井奈ちゃんと小夜ちゃんを家まで帰した後に戻ってきたと裕太さんが言います。

「そうかよ。で、何が気になった？」

勘一が訊きます。

「実は、さっき会った同級生の岸田のことなんですけど」

「うん？　おお、あの子か」

何のことやらと思いましたが、とりあえず居間でのんびりと一休みしていた青を呼びました。

「なになに、岸ちゃんがどうかしたって？」

青が訊きます。我が家の男の中では裕太さんにいちばん年が近いのは青ですね。

「岸田とはあまり付き合いはなかったんですけど」

「おう、さっきそう言ってたな」

勘一が言って青も頷きました。裕太さん、帰り際に言ってましたね。高校の同級生だったのだと。偶然ってあるものなんですよね。

「でも、高校三年生のときの文化祭で、一緒に学祭委員をやったんですよ。学祭委員っていうのは、要するに後片づけを一手に引き受けて全部チェックする役目だったんですけど」

文化祭はどこの学校でもだいたいやりますよね。そしていろんな出し物がありますからゴミもたくさん出ますよね。裕太さんと岸田さんが通った高校では、当時燃えるゴミを全部学校にある焼却炉で燃やしていたそうです。何でもそれでお湯を沸かすというシステムがあったそうですよ。近頃はいろいろあるんですね。

「全部じゃないんですけど、とにかく僕と岸田とあと何人かで燃えるゴミを運んでは焼却炉に入れていたんですね。もうこれで終わりだなと話して、僕が責任者だったのでぐるっと校内のゴミ置き場やゴミがありそうなところを回って確かめるだけになって。あと少しだなぁと思っていたときなんですけど」

裕太さんは見回りに行ったのですが、岸田さんは一人で焼却炉の前で待機していると言ったそうです。そのときは何も思わずお願いして、数分後に裕太さんは一人で残ったわずかなゴミを運んで戻ってきたそうです。

「そのとき、岸田が焼却炉に放り込むのを見ちゃったんです」

「何をだよ？」

「まさかホラー映画の展開とかにならないよね」

青が冗談めかして訊きました。確かに映画の中で焼却炉に放り込むものなんて、つい嫌な想像をしてしまいますね。

「それが、本なんです」

「本？」

勘一と青が同時に訊き返しました。

「ゴミになった本、じゃねぇんだな？」

「違います。そのときのゴミっていうのは、文化祭ですから段ボールやベニヤ板で作った看板とかそんなものばかりです。本なんかあるはずないんです。でも、岸田が手にしていたのは単行本でした。それを、ビリビリとページを破きながら焼却炉の中に放り込んで、最後は本当に何か憎しみをぶつけるみたいに力任せに本を焼却炉に」

「放り込んだの？」

青が痛ましそうに顔を顰めて訊きます。

「そうなんです。それも、一冊だけじゃなくて。何冊も」

「何冊も」

「足元に単行本が入った紙袋がありました。たぶん、焼却炉を使えることがわかっていたから、自分で燃やすためにわざわざ文化祭の日に持ってきたんだと思います。僕は、何か声を掛けちゃいけないような気がして、黙って見ていたんです」

「その後、岸ちゃんに何か訊いたの？」

青が言うと裕太さん首を横に振りました。

「いらない本をついでに焼却炉で燃やしたのなら、それはどうってことでもないし。そもそも親しくもなかったので」

「まぁそうだわな」

「でも、裕太くんがそれを覚えていたってことは」

裕太さん、頷きました。

「何か、訊いちゃいけないような雰囲気があったからなんです。その様子がすごく印象に残っていたので、僕は親しくはなかった岸田をよく覚えていたんです。さっき店で会ったときにも、何かその様子が」

「その焼却炉の前にいたときの岸ちゃんを思い出したってこと？」

「そうなんです」

「うーん」

勘一が唸りながら顎を撫でましたね。さて、これは何でしょうね。

「あと、もうひとつ」

「なんでぇ」

「燃やしていた本はほとんど同じ本だったと思うんです。遠くからですけど、装幀（そうてい）が同じに見えたので」

「同じ本？」

「覚えているだけで、五、六冊は同じ本だったと思います。それを、ビリビリと本当に力任せに破りながら。同じ本を何冊も持っているってあまりないですよね？」

確かにそうですね。

「おめぇの話ではあのお嬢さんは若手の脚本家で、相当な本好きだってぇ話だったよな？」

「うん。そう。家が古本屋なのが本当に羨（うらや）ましいっていつも言ってたよ」

青が答えると、ふーむ、と勘一が腕を組みました。

「そんな本好きが、仮に不要になった本だったとしても、こっそり学校に持ってきて焼却炉に放り込んで処分ってか」

「あまり、考えられませんよね？　何か、久しぶりに会ったのがここだっていうのも気になっちゃったし、あの涙もどうしたのかなって」

心配気な顔で裕太さんが言いました。

*

今日も一日が終わり、夕食の時間になりました。

今夜はカツ丼にしたようですね。カツ丼と言っても我が家の場合は何せ人数が多いですからね。ひとつひとつ作っていては手間が掛かって仕方ありません。ですから大きなお鍋にどかんとカツを放り込んで卵とじにして、それをお玉ですくってどんぶりご飯に掛けていくという豪快な作りになります。その他には豆腐とネギのおみおつけに、お茄子の漬物。大根とかつお節の和風サラダですか。かんなちゃん鈴花ちゃんの分だけは薄いお肉で別に小さな丼に作っています。まだ大人と同じ分厚いお肉は食べられませんよね。

花陽だけが塾に行っていて同じ食卓を囲めませんが、我南人も帰ってきて皆で「いただきます」です。

「へぇ、裕太くんの高校の同級生だったの」

「そうだってさ」

亜美さんに紺が答えます。裕太さんと岸田さんのお話ですね。

「二年三年と同じクラスだったけど、そんなに親しくはなくて、会ったのも卒業以来、初めてだったってさ」

どことなくぎこちなかったのはそういうことでしょうね。

「そうやって我が家でご縁ができるっていうのもいいことだね」

かずみちゃんが言います。本好きの岸田さんはまた来てくれるでしょうし、裕太さんが裏に引っ越してくれば会う機会も増えるでしょう。

「でも、その文化祭のときの岸田さんの話は確かに印象に残るわね。裕太くんが心配して戻ってきたのもわかるわ」

藍子がちょっと顔を顰めて言いました。

「や、ゴミにしかならない本を焼却炉で燃やすってのは、別にヘンじゃないんじゃない？」

研人がお箸を振って言います。お行儀悪いですし、そんなにかきこまなくてもお代わりはたくさんありますよ。育ち盛りですから、いまや我が家でいちばんたくさん食べるのは研人ですよね。

「変じゃないけれども、本好きにとっては燃やしてしまうってのは抵抗がありますよね」

すずみさんが頷きながら言うと青も同じように頷きました。

「やっぱりさ、その本に何かあったんだよな。岸ちゃんの中でいろんなものがさ」

「だわな。そもそも同じ本を何冊も持ってるってのがな」

「それを燃やしちゃうんですから、何か余程の理由があったのね」

藍子が言って、うーん、と皆で唸ります。

「それに、あの涙ですよね。あの場での何かが岸田さんの琴線に触れたんでしょうけどそれがさっぱりわからなくて」

すずみさんです。確かにそうなのですよね。勘一が、うん、と小さく頷きました。

「まぁ青よ、おめぇのお客さんだ。今度会ったときにそれとなく訊いてみろや」

「そうだね」

青が頷きました。

「あぁ、そういや穴崎監督が岸ちゃんのことは小さい頃から知ってるって言ってたから、大げさにならない程度に訊いてみるよ」

「おう、そうしろ。で？　裕太は田町の家はどうだって言ってたよ。決めたのか引っ越し」

勘一が紺に訊きます。

「うん、思ってたよりずっと家がきれいだってびっくりしてた。広さも充分だし、すぐにでも引っ越してきたいってさ。後で田町さんに電話するよ。引っ越しできるのは来月になるかもしれないって言ってたけど」

「じゃああれだねぇ、かんなちゃんも鈴花ちゃんも小夜ちゃんも同じ幼稚園に通えるかもしれないね」

「さよちゃんといっしょにいく！」

「いくよ。ようちえん」

かずみちゃんが言うと、かんなちゃん鈴花ちゃんが同時に反応して嬉しそうににこにこします。そうなったらいいですね。

「そういえば親父さ、あの子どうだったの？　のぞみちゃんだったっけ」

青が我南人に訊きました。そうでした。あの本を売りに来た小学生の女の子でしたね。

「おう、そっちを忘れてたぜ。ちゃんと見てきたのかよ」

「うぅん、それがねぇえ」

「忘れたのかよ」

「いいやぁあ、ちゃぁんと見てきたよぉ。コンビニ寄ってお菓子を買っていたねぇ」

すずみさんが頷きました。

「じゃあ、本を売りに来たのは本当にそれが理由だったんですね」

「そうなんだけどぉ、あの子ねぇ、その後ぉ、公園でずーっと一人で遊んでいたんだぁ。お菓子を食べたり、本を読んだりぃ。二時間ぐらいそうやっていたねぇ」

「この寒いのに、外でですか？」

亜美さんが驚きます。今日はまだ暖かかったから良いようなものですけど、皆もそれは、と顔を顰めたり首を傾げました。

「僕ねぇ、あの子何度か見たことあるんだぁ」

「そうなの？」

青が訊きます。いつもふらふらしていますし、これでかなりの子供好きですからね。近所の子供たちのことは本当によく知っていますよ。それでさっきも自分で見に行くと言ったのですか。

「あっちこっちで、いろんなところで見かけるからねぇ覚えていたんだよぉ」

「それで、どうしたんでぇ。放っておいたわけじゃねぇよな」

「いい加減僕も寒くなってきたからねぇ。そろそろ声を掛けようかなぁと思ったらぁ、公園の時計を見てようやく動き出して、家に帰っていったねぇ」

「お家はどこだったの？」

藍子が訊きます。

「駅前のスーパー〈まるはち〉の裏のマンションだったよぉ。新しいところだねぇ」

「え？」

すずみさんが首を傾げました。

「お義父さん、間違いないですか？　あの子、のぞみちゃんそこに帰ったんですか？」

「そうだよぉお、エレベーターに乗るまで確認したからぁ、間違いないと思うけどぉ？」

「ちょ、ちょっと待ってください」

すずみさん、慌てたようにお箸をおいてパタパタと古本屋へ向かい、台帳を抱えてすぐに戻ってきました。どうしましたかね。

「以前にあの子がお父さんと本を売りに来たときの台帳を確認したんです。それで、住所はここなんです」

すずみさんが台帳を開いて勘一に見せました。勘一が眼を細めて見ます。

「おいこりゃ住所が全然違うじゃねぇか。〈まるはち〉とは逆方向だろうが」

「そうなんですよ！」

亜美さんも台帳を覗き込みましたね。

「あれ？　しかもこれ、小学校の学区違うんじゃない？」

「え？　どういうこと？　自宅じゃないところに帰ったってこと？」

青です。すずみさんも首を捻りますね。

「免許証で確認したから間違いないと思う。一緒に来たお父さんの名前は名塚智春さん、住所はここ」

　さてさてまた皆がうーん、と首を捻ります。

「そもそも、ランドセルを背負ったまま、おやつを買うお金が欲しくて本を売りに来たこと自体、今日は家に誰もいないってことを知っていたっていうことだよね」

　紺です。

「しかもおやつもない。親におやつを買うお金もねだれない。だからランドセルに本を入れておいた。そして、親が帰ってくるまで公園で時間を潰していた、と。そこまでは理屈は合うね」

　青が言うと皆も頷きます。

「でも、低学年の女の子でしょ？　帰っても家に誰もいないのなら学校にいるんじゃないかしら。学童クラブに」

「そうよね」

　藍子と亜美さんです。学童クラブというのは、共働きなどで授業が終わっても家に誰もいない児童を小学校などで預かる仕組みですね。うちは縁がなかったですけれど、花陽や研人の頃からありましたよ。

「その日はたまたまってこともあるから一概には言えないだろうけどねぇ」

かずみちゃんが言います。確かにそうですね。

「まぁ何事もなきゃあいいけどよぉ。他所様のこったけど、またちょいと気になるなぁ」

小さい子供のことですからね。確かに心配ですけど。

「明日土曜日だし、オレちょっと小学校に行って訊いてこようか？　学童クラブやってるの今も笹島先生だよねきっと？」

「あぁ、そうね。笹島先生、研人のことよく知ってるものね」

亜美さんも頷きます。

「二年生か三年生ぐらいだったの？」

「それぐらいね」

研人にすずみさんが答えます。

「奈美子ちゃん知ってるかな？　そっちにも訊いてみるよ。子供のことは子供でしょ」

「まぁあれだ。波風立たねぇようにそれとなくな」

「オッケー」

小さい頃からそんなことをよくやってますから、研人なら心得てますよね。まだ小学校を卒業してから二年も経っていませんし、何よりも研人は小学校では、あの卒業式以来ちょいとした有名人ですからね。

我が家から駅に向かって道なりに進んで、三丁目の角の一軒左に小料理居酒屋〈はる〉さんがあります。元々は鮮魚店を営んでいた勝明さんと春美さんが、新鮮なお魚料理を売りにしたこのお店を開いて何年になりますかね。我が家もその昔からずっとお世話になっていました。

勝明さんも今は亡く、奥さんの春美さんもお店に立たなくなって五年以上経ちますか。娘である真奈美さんも、今は板前のコウさんと結婚して甲真奈美となり、真幸ちゃんのお母さんになりましたね。そう考えると本当に月日の経つのは早いものです。

今夜は勘一がコウさんに呼ばれて一杯やりに来たのですが、紺と青もついてきましたね。我が家の男性陣はお酒は好きなものの、大酒飲みがいなくて二、三杯引っかけるだけでいつも満足するので助かります。むしろ藍子や亜美さんすずみさんたち女性陣の方が、お酒は強いかもしれません。

「はい、お通しの秋刀魚と里芋の炊き合わせです。柚子をちょっと搾っても美味しいと思います」

腕の良い板前のコウさん、いつも美味しいものを食べさせてくれますよね。カウンターの中には青の産みの母である女優の池沢さんもいます。上品な淡い灰色のお着物が本当に似合いますね。つわりのひどかった真奈美さんの代わりに、親戚の慶子さんと名前を変えてたまに働き始めてもう一年近くになりますか。青との間にあったわだかまりのようなものも薄れて、今では二人ともごく自然に話ができるようになりましたよね。

「で、コウさん話ってなんだい」

勘一が里芋を口に運んでから訊きました。テーブル席は満席だったのですが、先程皆さんお帰りになってちょうど勘一たちだけになりました。いいタイミングですね。

「はい、それが」

コウさん、ちらりと奥の階段を見ます。二階は自宅になっています。真奈美さんはきっと真幸ちゃんを寝かしつけているのでしょう。そろそろ真幸ちゃんも首が据わってくる頃ですよね。

「真奈美に代わってお伝えしますが、実はお義母さん、春美さんが入院しまして」

「入院だぁ？」

勘一が驚きます。コウさんが深刻そうな表情を見せました。その様子に紺と青も思わず顔を見合わせます。二人にとっても、春美さんは小さい頃から知っている優しい近所のおばさんでしたからね。

「まさか、コウさん」

青が言うとコウさん、こくり、とゆっくり頷きました。その横で池沢さんも悲しげに眉を顰めます。

「お医者様の話では、もって半年ではないかと」

まぁ、春美さんが。続けてコウさんが口にした病名に、勘一がお猪口を持ったまま、ふぅう、と大きく息を吐きます。

「そうかよ。春美ちゃんがかよ」

何ということでしょうね。具合が悪くて検査入院しているのだという話は以前に真奈美さんから聞きましたが、そんなに急に。

勘一が、くいっ、とお猪口を傾けます。

「本人は知ってるのかい」

「真奈美が、知らせない方がいいと。元々少し気が弱いところがあるので黙っていたいということで。今のところは胃潰瘍とだけ」

「わかった。紺、青。皆に伝えとけよ。見舞いに行くときは気をつけろって」

「あいよ」

二人で同時に頷き、それから沈痛な面持ちで溜息をつきました。

「春美さん、まだ七十前だよね」

青が言うと紺が頷きました。

「六十八だよ。俺の年に三十足すんだ。真奈美さん、俺と同い年だからな」

そうでしたね。何の悪戯か一度も同じクラスにはなりませんでしたが、小学校も中学校も一緒でした。

階段を下りてくる音がして、真奈美さんが姿を見せましたね。お店に立つときにはいつも和服を着ていたのですが、今は子育てもありますから動きやすい服装です。気のせいかもしれませんが、少しばかり表情にやつれが見えますかね。心労でしょうか。

「いらっしゃい」

「聞いたぜ真奈美ちゃん、大丈夫かよ」

勘一が優しく訊くと、真奈美さん微笑んで頷きます。

「大丈夫！　もう覚悟はしたし。後は仕事と子育てをどうやって両立させるかを考えるだけ」

それだけじゃないですよね。春美さんの看病もありますから大変です。

「百合枝さんにも、仕事以外にもいろいろ手伝ってもらっちゃって申し訳なくて」

池沢さん、微笑んでゆっくりと首を横に振ります。

「なんてことはないですよ。私にできることなら何でもしますから」

「おう、そうよ。ほら真幸の世話が大変ならよ。うちにちょいと置いておきゃあいいんだ。誰かが面倒見るからよ」

「そうだよ真奈美さん。遠慮なんかしないでよ？」

青が言って紺も頷きます。そうですよね。我が家には常に人だけはたくさんいますし、子供が泣けば飛んできて皆に知らせるアキとサチもいますから平気ですよ。

コウさんがありがとうございます、と頭を下げました。

「ありがとう。そう言ってもらえて助かる。大丈夫、堀田家に遠慮なんかしないから」

真奈美さんが笑って、皆もそうそう、と笑いました。本当に遠慮なんかしないでくださいね真奈美さん。困ったときはお互い様なんですから。

何か音がしたと思ったら、青が身体を動かして携帯電話を取り出しました。画面を見ていますからメールでも来ましたかね。お猪口を口に運びながらずっと読んでいます。長いメールのようですね。

「えっ？」

あら、声が出ましたね。皆が青の方を見ます。

「どうした？」

紺が声を掛けると、青はちょっと待って、という仕草をしてまだメールを読んでいます。

「兄貴これちょっと読んでみて。穴崎監督からのメール」

「監督から？」

紺が携帯電話を受け取って読み始めました。

「え？　川田鉄さんの？」

二人で顔を見合わせます。川田鉄さんと言いましたかね。勘一もその名前に反応しました。

「なんでぇ、どうした」

「じいちゃん、切りの良いところで帰ろうか。穴崎監督がちょっと話しに家に来るって」

あら、何かありましたかね。


一足先に家に戻りましたら、居間で女性陣がお茶をしていますね。いえ、女性だけかと思えば我南人もいました。この子は手術をしてからというものお酒は控えていますからね。何故かアキを抱えてその前脚を取りテーブルに載せてドラムを叩くように遊んでいます。アキは大人しいですからされるがままですが、迷惑そうな顔をしていますよ。

研人とマードックさんが頭をバスタオルで拭きながら姿を見せました。二人でお風呂に入っていたのですね。我が家のお風呂は大きいので、身体の大きい男性二人でも充分にゆっくり浸かれるのですよ。

もうかんなちゃん鈴花ちゃんは眠ったのですね。あの二人は、我が家がこういう環境だからでしょうか、お父さんお母さんと一緒じゃなくても、あるいは自分たちの部屋じゃなくても、二人一緒ならどこでもすやすやとたくさん眠ってくれて大助かりですよ。

いつでしたか、どうしてもそうすると二人で言い張って、藤島さんと一緒に藤島さんの部屋のベッドで眠ったこともありましたからね。もちろん、寝入ったところで、すみませんでしたね、と移動させせましたが。

可愛らしい形の和菓子が座卓に並んでいますが、近所の和菓子屋〈昭爾屋(しょうじや)〉さんからの貰い物でしょう。

「ねぇ、お母さん」

「なぁに」

塾から帰ってきて晩ご飯も済ませた花陽が藍子に話しかけます。

「さっき、愛奈穂ちゃんって子を連れてきたでしょ?」

藍子がうん、と頷きます。ちっちゃな可愛らしいお嬢さんでしたよね。花陽が何だか嬉しそうですね。いえ、唇が何やらふにゃふにゃしています。これは、最近でこそ見ませんが、小さい頃の何か企(たくら)んでいるときの顔じゃないでしょうか。

「あの子ね、実はすっごくウチに関係してる子なんだよ」

「関係?」

藍子が小首を傾げます。

「微妙な言い回しだね」

かずみちゃんが笑いました。

「どういう関係?」

「まさか、お義父さんの隠し子なんて言わないでしょうね」

すずみさんに続いて亜美さんが笑顔でさらりと言いましたが、我が家ではほとんどジョークに近くなってきましたね。我南人もうんうんと頷きながら笑っていますが笑い事ではないんですよ。

「違うけど、内緒。そのうちにわかるかも」

うふふー、と花陽が楽しそうに口に手を当てました。何でしょうね、思わせぶりに。

「そのうちにわかるときが来て、皆がびっくりどっきりってやつだね」

お風呂上がりにトマトジュースを飲みながら研人が言いました。

「そうそう。楽しみにしてて」

皆も笑って肩を竦めたりしましたが、きっと何か楽しい偶然でもあったのでしょうね。

大方我が家に通う常連さんの知り合いとかそんな感じなのでしょう。同じ塾に通っているのならきっと愛奈穂ちゃんも難しい大学を狙っているのでしょうね。いいお友達ができて良かったです。

でもあれですね。花陽の話を聞いていた我南人の様子から見て、ひょっとしてあの子は愛奈穂ちゃんのことを知ってるのかもしれませんね。これでも母親ですから、それぐらいは見て取れますよ。

玄関の開く音がして、ただいま、という声が小さく響きます。勘一と紺と青が帰ってきましたね。

「えらいこったぜ」

　どさっと上座に座りながら勘一が言います。

「どうしたの大じいちゃん」

「何かありましたか旦那さん？」

　勘一の様子に皆が声を上げますね。

「ちょいと皆聞いてくれや」

　聞いてくれやと自分で言いながら、春美さんのご病気のことを話したのは紺ですね。皆がびっくりしていました。

「具合が悪いっていうのは聞いていたんだけど」

　藍子が沈痛な表情を見せました。亜美さんもすずみさんも、肩を落とします。かずみちゃんは引退したとはいえ、お医者さんとしては状況がよくわかる話なのでしょう。小さく頷き唇を引き締めました。

「まぁそれはな、ここでめそめそしたってしょうがねぇ。藍子よ、言うまでもねぇけどおめぇが真奈美ちゃんとよく話してよ。今まで以上に真幸の世話とかいろいろ考えてやれや。なんたってあそこは初めての子供だ。慣れねぇ上に二人とも店が忙しくててんてこまいなんだからよ」

「そうね。そうする」

真奈美さんは藍子の幼馴染みで高校の後輩でもありますからね。

「亜美ちゃんとすずみちゃんもよ。頼むな。気ぃ遣ってやれや」

「もちろんですよ」

二人で、うん、と頷きました。幸い我が家にはお母さんもたくさんいるし、男手もたくさんありますから、大丈夫ですよね。

ピンポン、と玄関の呼び鈴が鳴りました。

「あ、監督だよ」

青が出迎えに行き、何やら楽しそうに話しながら戻ってきました。姿を見せた坊主頭の穴崎監督が笑顔で頭を下げます。

「いらっしゃいませ」

「いやどうも済みません、夜分に突然お邪魔しちゃって」

どうぞどうぞと皆が出迎え、藍子と亜美さんがお茶を淹れに台所に立ちます。

「映画が公開されて何かと忙しいんじゃないかい」

勘一が笑顔で訊きます。

「まぁ自分で言っちゃ駄目ですけど、宣伝にそんなに予算を掛けられない映画ですからね。走り回って何とか皆さんに観てもらおうと頑張ってます」

青も舞台挨拶に出たり、できるだけ協力はしてきましたよね。とはいえ、青の映画での立ち位置は四番目ぐらいだとかで、大きな宣伝には佳奈さんともう一人の主演男優の方が出ずっぱりのようですよ。

「で、青がなんかメール貰ったようだけど何かあったのかい」

勘一が言うと、青と穴崎監督が頷きます。

「ほら、岸ちゃん、岸田安見さんのことを監督に訊いてみたんだ。そうしたらさ、すずみ」

すずみさん、なに？　と青を見ました。

「なんとね、岸ちゃんって、あの作家の川田鉄の娘だったんだって」

「ええっ？」

まぁ、そうなのですか？　勘一も皆も眼を大きくして驚いています。

「穴崎監督は小説家の川田鉄、本名岸田哲夫（てつお）さんとは若い頃から親しかったんだってさ。だから岸ちゃんのことを子供の頃から知っていたんだって」

「実はそうなんですよ」

「あっ！」

すずみさんが突然声を上げて立ち上がり、カフェに走っていきました。何事でしょう。皆がじっとその姿を追って見ていると、すずみさん古本屋にも寄り、何かを持って急いで戻ってきます。あら、名刺と本ですね。すずみさんが座卓の上にその本と名刺を並べて置きます。

「岸田安見さん！　安見って名前の漢字が珍しいなぁとは思ったんですけど、旦那さん！　これって」

「うん？」

　勘一も名刺を見ます。紺も覗き込みましたね。

「あぁ！　川端康成の！」

「おっ、そうか。安見子(あみこ)だな？」

　勘一が膝を打ちながら言いました。そうでした、わたしも思い出しましたよ。今すずみさんが持ってきた本、川端康成さんの小説『万葉姉妹』に出てくるお姉さんの名前が安見子でしたね。

「そうなの？」

　青が言います。この子は文学に関しては少し弱いですからね。今までまったく気づかなかったのでしょう。

「川田鉄さんは川端康成を敬愛していましたから、きっとそこから取って娘さんの名前にしたんですね？」

　すずみさんに監督が頷きました。

「その通りなんです」

穴崎監督、お茶を一口飲んで、小さく息を吐きます。

「あいつが、俺らはテツって呼んでいたんですが、死んで二十年ぐらいですか。まだ安見ちゃんが小学生の頃なんです。バカみたいに酒飲んで揚げ句の果てにコロッと逝っちまいましてね」

「あれかい、かなり親しい友人だったのかい」

こくんと頷きます。

「あいつは大学のひとつ後輩だったんです。俺は映画バカであいつは文学狂いでしてね。ジャンルは違っても、毎日毎日まぁ飽きもせず講義にも出ないで創作論やら青臭い人生論なんか闘わせていました」

「そうかい」

勘一も微笑んで頷きますね。わかりますよ。その頃の、熱さというものがあった時代を一緒に歩いてきたのでしょう。

「我南人さんは俺たちのヒーローでしたよ。あいつもあの頃よく我南人さんのＬＰを擦り切れるまで聴いていていました」

「そうぉお？　嬉しいねぇえ」

我南人がにっこり笑います。年齢的には我南人が穴崎監督より五つ六つ上ですね。

「あいつはですね」

監督が少し顔を顰めましたね。

「父親としてのテツは、最低と言われてもしょうがない男だったと思います。家に寄りつかない、居たと思えば部屋に籠って声を掛ければ怒る。それで稼げりゃまだ甲斐性もあったと言われたんでしょうがご存じの通り。まぁよく奥さんの朱美さんも我慢していたってもんです。あ、いやもちろん」

少し慌てたように手を軽く振りました。

「それはあいつが本当に悪い男というわけではなく、あいつの文学への、創作への情熱故だったんですよ。珠玉の作品を生み出すために、一行一言に己の存在の全てを懸けた故のもので。決して親としての、夫としての愛情がなかったわけではないんです。それはあいつの作品を読んでもらえばわかると思うんですが」

勘一も、うん、と頷きます。

「まぁ、俺らの時代の作家さんたちにはよく聞く話だわな。全てを犠牲にしてまでも手に入れたい言葉が、一行があるってな」

「そうなんです。そして作家としての才能は確かにあったと思うんですよ。時代に乗れずにまったく売れないまま消えていったのは残念なんですが――

良い作品が、素晴らしい才能が必ずしも時代の評価を受けるものではありません。それは古本屋をやっていればよくわかります。我南人も頷いていますが、それは音楽の世界でも、そしてどの創作の世界でも同じでしょうね。

「安見ちゃんは」

監督が続けます。

「あの子は感受性の強い子でしてね。幼心にも、父親がいかに創作に全てを捧げていたかを理解していたと思うんです。そしてそういう父親を誇りに思っていたはずなんです。その反面、やはり女の子ですから母親の苦労というものを見て、家庭を顧みない父親を憎む気持ちがあったそうです」

「なんとなく、わかるわ」

藍子が頷きます。そうですよね。あなたもろくでもない父親を持っていますから。

「私の場合は恨むも何もなくてただ呆れるだけだったけど」

皆がそうだよねぇと笑います。我南人もにこにこしていますが、あなたの事ですよ。

「でも、今、岸ちゃんが脚本なんか書いているのは明らかにお父さんの影響だよね」

青が言いました。監督も頷きますね。

「そう。これはもう、青ちゃんもわかると思うけど、知り合いの贔屓目抜きでいい脚本家なんですよ。才能はあるんです。しかも彼女の書くものにはそこに確かに〈川田鉄〉の影響があるんですよ。それだけあの子も親父さんの書いたものを読み込んでるんですよ。ただですねぇ」

　ふぅ、と息を吐きます。

「母親に苦労させるだけさせて死んでいって、それを思えば、やっぱり今でも許せない気持ちがあるようで」

「今でもってことは、安見さんが高校時代に燃やしていた本って」

　紺が訊くと、青が頷きます。

「正解。岸ちゃん、その頃から自分のお父さんの本を処分していたんだってさ。家に一冊もないのはもちろん、今でも古本屋で見つけると買って処分してるんだって」

「ええっ？」

「本当かよ」

　皆が驚きました。そんなことをしていたのですか。監督さんも顔を顰めます。

「その高校時代の話は俺もテツの奥さんに聞いて知っていました。大昔に一度相談されたことがあるんですよ。それをこないだの撮影のときに〈乱麻堂〉さんに一冊だけあったテツの本を見つけて思い出して、念のためにと除けておいたぐらいなんですけど」

「それじゃあ」

　すずみさんが本当にびっくりした顔をしています。

「岸田さんが来た日に、まさに私ってば川田鉄さんのフェアをやってしまっていたのね」

奇遇も奇遇。こう重なると何かあるんじゃないかと思ってしまいますね。監督、うん、と頷きます。

「うっかり俺も、古本屋稼業である青ちゃんに言っとくのを忘れてたんです。まぁしかしテツの本は、悲しいかな滅多に見かけることもないし大丈夫かなとは思っていたんですが、まさかね」

「そういうこったか」

勘一が煙草に火を点けて、頷きました。

「そういやぁ、あの子、あの棚の前で何か固まっていたよなぁ」

「今思えばそうです。少し様子が変でしたし、それがあの涙にも繋がったんでしょうか」

「あの場では買っていかなかったけど、お金の持ち合わせがなかったのかな」

青が言って、そうかもしれねぇな、と勘一が頷きます。

「そういうわけでして、何ですけどまた安見ちゃんが来ないうちにテツの本は引っ込めた方がいいんじゃないかと思うんですけどね」

監督がそう言いましたが、我南人がうーん！　と大きな声で唸りましたね。大体この子の地声は大きくて困ります。

「それはあんまりLOVEがないねぇえ」

あぁ、それですか。

でも、いつもならその台詞を聞くと口をひん曲げる勘一が珍しく大きく頷きましたね。

「確かになぁ、事情はわかったもんの、はいそうですかと並べた本を片づけるってのも、こりゃ古本屋としちゃあ癪に障るってもんだ」

「でも、そうしたら、どうしましょうかね？」

じっと話を聞いていたマードックさんが言って、皆がまたうーんと首を捻りましたね。

あら、でも紺がふいに何かを思いついた顔をしましたよ。我が家でいちばん勘の鋭い子ですからね。何か引っかかるものがありましたかね。

三

明けて土曜日です。

土曜日はお休みの会社勤めの方や学生さんもいらっしゃいますから、我が家も朝から少しのんびりできますね。

花陽と研人も学校が休みですから早起きしなくても良いのですが、小さい頃からの習慣で、土日でも早起きして皆と一緒に朝ご飯を食べます。夜更かしすることも多くなってきた二人ですから、朝食の後に自分の部屋で二度寝したりすることも多いようですよ。

でも今日の研人は朝から張り切って出掛けていきました。あののぞみちゃんのことを調べに小学校に行くのですよね。久しぶりなので本人も嬉しいんじゃないでしょうか。わたしもちょいとついていきましょうかね。

それにしても、その鮮やかなオレンジ色の革のコートは我南人から貰ったのですか。随分と派手ですが、不思議と研人はこういうものが似合います。

背も中学に入ってぐんぐん伸びてもう一七〇センチありますよね。天然パーマの髪の毛はまるで絵に描いたようにくるくる巻き毛になっていますし、顔立ちがどんどん亜美さんに似てきまして、まるでハーフの男の子のようだと最近は噂(うわさ)されます。元々美しすぎて怖いなどと言われる亜美さんの息子ですからね。

「あれっ」

研人が誰かを見つけたのか、駆け出しました。誰かと思えばいつもの古ぼけたトレンチコートを着た木島(きじま)さんじゃないですか。

「木島さん！」

「よぉ、研人くん」

木島さん、手を上げて笑顔で答えます。

「何だ、おめかししてデートか？」

「違うよ。ちょっと調べもの」

「調べもの？　手伝うか？　俺も今日は休みなんだぜ」

休みと言っても木島さんの場合はいつも仕事をしていますよね。自分で仕事中毒だって言ってますよ。

「大丈夫だよ。家に行くの？」

「あぁ、堀田さんにちょいと用があってな」

じゃあね、と研人が足取りも軽やかに去って行きます。あれぐらいの年の男の子は本当に、足に羽が生えているんじゃないかと思うぐらい動きが速いですよね。木島さん、微笑んで研人の背中を見送りました。さて、じゃあわたしは木島さんと一緒にお店に戻りましょうか。

木島さんが古本屋の戸を開けた途端、かんなちゃん鈴花ちゃんの声が響きましたよ。

「ほら！　きじまんきた！」

二人が勘一の横で手を打って迎えました。勘一が苦笑しています。どうやら勘のいいかんなちゃんが、木島さんが来るのをわかって待っていたようですね。本当にかんなちゃんは超能力者のようですね。

「きじまーん」

「きじまん？」

木島さん、にこにこしながら二人に手を振り、懐から何か出しましたね。コートの内ポケットに入れていたのでしょうか。大きな包みが二つも出てきましたが、どれだけ内ポケットが大きいのでしょう。

「はい、かんなちゃん鈴花ちゃんにお土産だよー。美味しい鯛焼き」

「おう、すまんな」

「たいやきだいすき！」

「きじまんもいっしょにたべる？」

「いや、きじまんはね、大じいちゃんとお話があるから、二人で食べてね」

すずみさんが居間から出てきました。

「済みません木島さん。いつもお土産貰っちゃって」

「いやいやこちらこそ鯛焼きぐらいしか持ってこれなくて」

ぱたぱたとかんなちゃん鈴花ちゃんがすずみさんと一緒に居間に戻っていきます。入れ替わりに青がやってきましたね。

「いらっしゃい」

「よぉ、青ちゃん」

木島さん、帳場の前の丸椅子に座ります。

「ところで〈きじまん〉ってのはあれですか。俺も〈ふじしまん〉に並んで二人のお気に入りになれたってことですかね」

勘一も青も笑います。

「最近だよね、急にきじまんって言い出したの」

「そうさな。気づかなかったけどよ、藤島も木島も〈ま〉で終わる名字だからな」

確かにそうなんですよね。誰も気づかなかったというか、気にもしなかったんですけれど。子供の感性というのはおもしろいですよね。

「はい、木島さん。おもたせですみませんけれど」

すずみさんがコーヒーと鯛焼きを持ってきました。鯛焼きぐらいと木島さんは言いますけど、我が家は何せ人数が多いですから全員の分となると結構な金額になってしまいますよね。済みません本当に。

「今日は我南人さんは留守ですか」

「あいつが留守なのはいつものこったけどよ。紺と二人で朝から出ていったよな？」

「そうそう、何か珍しく二人で一緒に」

そういえばそうでしたね。どこへ行ったんでしょうか。他にお客さんもいませんし、皆で美味しい鯛焼きを食べながらしばらくは近頃の様子についてあれこれ世間話が続きました。

「それで？　今日はどうしたい。ただ鯛焼き持って遊びに来たんじゃねぇだろう。おめぇが来るときは大抵何かあるときだからな」

勘一が言うと木島さん苦笑します。

「俺だってただのんびりとここに来たいですけど、お察しの通りです。実はですね堀田さん」

木島さん、少し身を乗り出して声を潜めます。

「俺の知り合いのノンフィクションライターに仁科由子(にしなゆうこ)ってのがいるんですけどね」

「仁科由子?」

勘一と青とすずみさんが三人揃って天井を見上げて考えました。

「確か、昭和の風俗もので一冊ぐらい本を出していなかったっけ? サブカルチャー系のライターさんだよね」

青が知っていたようですね。この子は漫画や音楽などその手のものには無類の強さを発揮しますから。

「さすがよくご存じで」

「その由子ちゃんってのがどうしたい」

勘一が訊きます。

「まぁ俺とはそれなりにけっこう長い付き合いでして、組んで仕事したりもした〈ちゃん〉なんていう年でもない三十半ばの女なんですが、なにを思ったか最近やたらと日本の近代史に首を突っ込み始めましてね」

勘一の眉毛がぴくりと動きましたね。

「そっちかよ」

「そうなんですよ」

「じゃあ、我が家の蔵がまた目を付けられたってことですか？」

すずみさんが言います。今までも何度もありましたよね。そして木島さんに救われたこともありました。思えばあれからうちと木島さんのこうしたお付き合いが始まりましたよ。

木島さん、ちょっと首を傾げました。

「それがだねすずみちゃん。由子の野郎、斜め上のラインからいろいろ調べ始めているみたいでね」

「なんでぇ斜め上って」

「元子爵の〈五条辻家〉なんですよ堀田さん。あいつが興味を持ったの」

あちゃあ、という感じで勘一がおでこをぺしん！　と叩きました。

「そっちかよ」

「ばあちゃんの実家かー」

はい、わたしですね。もう忘れかけていますが、五条辻咲智子がわたしの旧姓名です。

木島さん、小さく頷きます。

「俺も詳しくは知りませんけど、堀田さんの亡くなられた奥さん、サチさんが本家の跡取り娘だったんですよね？」

「おう、そうなんだよ」

「それで、戦前戦後の闇のいろんな部分に五条辻家は絡んでいたけれど、まったく歴史に埋もれてしまっているとかいないとかってぇ話をどっかから仕入れたらしく、がぜん興味を持っていろいろ調べてるんですよ。止めさせようかと思ったんですが、下手に俺がそう言って何を知ってるんだと藪蛇になってもまずいんでね。こりゃとりあえずは一度お耳に入れておいた方がいいなってんで」

そういう話でしたか。驚きですね。まさか今頃になってそんな昔のことを調べようとする人がいるなんて。

勘一が顰め面をしましたよ。

「まぁ調べたって大したもんは出てこねぇと思うし、出てきたところで肝心のサチは死んじまってるしな。腹ぁ探られたって痛くも痒くもないけどよ」

そうですよ。五条辻家は実質上この世から消えた家ですからね。

「俺が謝るのも変ですがね。済みませんけれど、もし万が一由子がここを探し当ててやってきたら適当にあしらっていいですから。あいつは何の後ろ盾もない文字通りのフリーだし、決して性質が悪いってわけじゃないし押しも弱いんで放っておきゃあたぶん諦めますから」

「そうかい。まぁそういうことならそうさせてもらうか」

「仁科さんがもしも家に来たら、一応木島さんにも連絡入れた方がいいね」

「済まんけどね。頼むわ青ちゃん」

真面目にお仕事をしようとしている方を無視するのも可哀相な気もしますが、これば っかりは協力するわけにもいきません。終戦当時にお父様に託されたものは、まだ我が家の蔵に眠っていますしね。

からんからん、と激しい音を立てて、研人が古本屋に飛び込んできました。

「さぶっ！　大じいちゃん、いろいろわかったよー」

研人が帰ってくるなり言いました。

「随分早いなおい」

身体を震わせながら研人が足早に近寄ってきて、オイルヒーターに当たりに行きます。この季節になるとオイルヒーターが活躍しますね。火を使いませんから古本屋の暖房には持って来いです。

「ちょうど笹島先生いてさ。なんかねー気にしてたみたい先生も。うちにのぞみちゃんって女の子がよく来るんだけど知ってる？　って訊いたらいろいろ教えてくれた」

「なんだって言ってた？」

青が訊きます。

「名前は名塚のぞみちゃんね。二年生。で、大きな声では言えないけどオレだからって教えてくれたけどさ、何か親が離婚協議中で別居してるって噂があるんだってさ」

「そっちか」

青が顔を顰めます。

「細かいことはもちろんプライバシーだから教えてくれなかったけどさ。あの子、お父さんとお母さんの両方の家を行ったり来たりしてるらしいよ」

「行ったり来たりってのはどういう風にだよ」

「一ヶ月の半分をお母さんの家、半分をお父さんの家って感じみたい。そりゃ隠したって皆わかっちゃうよね。先生方も教育上どうかって気にしてるらしいけど、家庭の問題だから口出しするわけにもいかないしって」

ふぅむ、と勘一が唸ります。

「でもね、奈美子ちゃんにも会えたから訊いたら、同じ太鼓チームだから知ってるって。別に親と仲が悪いとかそんなことはないみたいだよ。前にお父さんもお母さんも大好きだってのぞみちゃん言ってたって」

「なんですその、のぞみちゃんってのは」

木島さんが訊くので、青が教えてあげました。木島さん、成程(なるほど)と頷きます。

「おやつを買いたいから古本を売りに来るのを覚えた子供ってのも、なんですねぇ」

「まぁなぁ。別に悪いこっちゃねぇけどよ。買い取るわけにもいかねぇし、その絵本にメモを貼り付けて渡したんだよ。一回店に来るか電話が欲しいってな」

「来たんですか？」

「いや、まだだな。昨日の今日だし向こうもいろいろ都合ってもんがあるだろうしよ」

　木島さん、ひょいと腕時計を見ます。

「昨日のうちにその絵本をのぞみちゃんから受け取ったとしたら、良識ある親ならすぐに電話掛けてくるでしょうよ。来てないんですよね？」

「来てねぇな」

　うん、と木島さん頷きます。

「じゃあロクなことになってねぇ可能性がありますよね。離婚云々てぇ大人の事情なら、こっから先は研人くんじゃあ手に余るでしょうよ。俺がちょいと調べてきますよ」

「んなもん調べたって一銭にもならねぇぞ」

「今日は休みなんですけど何もすることなくてね。ヒマ持て余すとロクなことしねぇんでちょうどいいですよ。その名塚のぞみちゃんの家の住所、ちょいとメモさせてもらいますよ」

　木島さん、ささっとペンを走らせます。

「じゃ、善は急げで行ってきますわ」

言うが早いかあっという間にコートを翻して木島さん、店を出ていきます。記者さんの習性なんでしょうかねぇ。本当に行動が素早いですよ。

「まぁあいつなら下手打つこともねぇだろうけどよ」

勘一が言うと、すずみさん頷きました。

「木島さん、子供好きだから。きっとのぞみちゃんの境遇を聞いて我慢できなかったんですよ」

「あぁ、そうかもね」

青も頷きます。そうですよね。調べることに関してはもちろんプロですから誰にも迷惑が掛からないように気を遣ってくれることでしょう。

研人がじゃあ自分は用済みと家の中に入って行きました。また自分の部屋でギター三昧でしょうか。休みの日は部屋に籠るか、葉山にいる龍哉さんのところに入り浸りですよ。

「あっ」

すずみさんが小さな声を上げました。まだ木島さんが出ていったばかりで土鈴が揺れている戸口からお客さんが入ってきましたよ。

あの、岸田安見さんです。

「こんにちは」

小さく声を出し、微笑んで入ってきました。

「いらっしゃいませ！　どうも、こんにちは！」

すずみさん、慌てて笑顔を繕います。青も勘一もにっこりと微笑みました。

「よぉ、岸ちゃん」

「昨日の今日ですな。どうもどうも」

三人揃ってにこにこ微笑まれて、安見さん、笑顔を見せながらもちょっと首を傾げましたね。すずみさんがここは青に任せたとばかりに本の整理を始めました。

「古本屋の方に来たってことは、今日はこっち？」

青が訊きます。

「そうなんです。昨日はちょっと用があって帰ったんだけど、欲しいものがあったので売れちゃわないうちにと思って」

「あ、そう。じゃあ、どうぞゆっくり見てって」

青がカフェの方に行こうとするのを、安見さんに見えないように後ろから勘一が引っ張って引き止めました。お前がここに居ろよ！　ってことでしょうね。

安見さん、ゆっくりぐるっと店内を回ります。勘一もすずみさんも青も、別のことをしている振りをしながら横目で安見さんを追っています。

昨日の穴崎監督の話が本当だとすると、安見さんは川田鉄さんの本を全部買って行くと思うのですが、どうなのでしょう。結局昨夜は結論も出ずに、とりあえず様子を見ようという話になったのですが、さっそく来ちゃいましたね。

ゆっくりとすずみさんが作った川田さんの棚に近づいていきます。その前で立ち止まりましたね。

「あの、青さん」

「うん、なに？」

安見さんが、棚を指差します。

「ここにある川田鉄の本、全部欲しいんですけど」

「全部？」

こくん、と安見さん頷きます。きましたね。全部と言っても、棚にあるのは十冊です。市場に出回っている数も少ないですから、お値段としては少し高めになっていますが、一遍に買えない金額ではないでしょう。

さて、青はどうしますかね。

「えーっとね、すずみ、確かこれって取り置きが入っていなかったっけ？」

「あ、そうなんですごめんなさい。うっかりしてました！」

成程、その手でいきますか。

「まだ買うかどうか迷っていたお客様がいて、今日中に連絡が来るんですよ。ちょっと待って貰えると助かるんですけど」

「そうなんですか」

　安見さん疑ってはいないようですね。こくん、と頷きました。

「じゃあ、もしその方が買わないようでしたら、連絡をください」

「わかった。そうするよ」

　お願いします、と言って安見さん帰られました。勘一とすずみさんと青が、ふぅ、と溜息をつきます。

「やっぱり買いに来たなぁ」

　青が言います。

「買った後は、また焼いちゃったりするんでしょうか」

　すずみさんが勘一に言うと、顰め面をしました。

「わかんねぇし、買った本を読もうが焼こうがそりゃあ持ち主の勝手だけどよぉ。こいつぁ何とかしなきゃならねぇかなぁ」

　そう言ったときに携帯電話が鳴りました。青のポケットからですね。取り出して電話に出ます。

「兄貴？　どうしたの？」

　紺からですか。

「うん。え？　そんなこと調べてたの？　うん。うん。あーなるほどそっちにか。オッケーわかった。すぐ行く」

電話を切って青が勘一とすずみさんを見ました。

「岸ちゃんの件で、兄貴が何か見つけたみたい。ちょっと行ってくる」

＊

夕方になって、紺と青と我南人、そして何故か木島さんも一緒になって古本屋の戸から入ってきました。

「何だよ四人揃ってどかどかと」

「いや、それが」

木島さんが苦笑いします。

「俺がですね、のぞみちゃんの親父の職場を突き止めて顔を拝んでやろうと行ったら、もうそこに我南人さんがいたんですよ」

あら、そうなのですか。

「ちょうど良かったんだぁ。のぞみちゃんのお父さんも僕のこと知っててくれたからさぁ。いろいろ話はできたんだぁ」

「途中で親父から電話があって、最後に合流して帰ってきたんだ」

青が言います。

「そうかい。で、どうなったい。むさくるしいのが雁首(がんくび)揃えて調べて、突破口は見つかったかい」

「それがねぇえ」

我南人が喋ろうとして、ぴたりと止まります。

「説明は他の人に任せるねぇえ」

そうですね。いつものことですがその方がいいと思います。紺と青は帳場の端に腰掛け、木島さんが丸椅子に座りました。我南人は立ったまま、あの川田鉄さんの本を眺めていますね。

「どうしても安見さんの涙が気になってさ。僕は現場にいなかったけど、皆の話を聞いたら、彼女の涙の理由は、のぞみちゃんにあったんじゃないかって思ったんだ」

紺が言います。

「のぞみちゃんに？　けどよ、のぞみちゃんと安見ちゃんは何の関係もねぇだろうよ。たまたまあそこに一緒にいただけで」

「だからだよじいちゃん。たまたまあそこにいた岸ちゃんは、のぞみちゃんが古本屋に本を売りに来たっていう状況を見て、昔の自分と重なったんじゃないかって兄貴は考えたんだ」

ぽん、と、勘一が文机を叩きました。

「成程、そういうこったか」

「そうなんだ。穴崎監督の話からすると、安見さんがお父さんを亡くした頃の年齢と、今ののぞみちゃんの年齢はそう変わらないはず。そしてもし、安見さんもあの年頃にお父さんと一緒に本を売りに古本屋に行っていたとしたらさ」

「生活が困窮してたって話もあったな。だとすりゃあ古本屋に本を売りに行くのは売れない作家ならよくあるこった」

「そうそう。だから知り合いの編集者に頼んで、当時川田鉄さんと親しかった編集者がいないか調べてもらったんだ。運良く見つかってさ、安見さんの実家もわかった。じゃあ後は一緒に映画を撮った青に来てもらってさ、お母さんに会いに行ってきたんだ」

それで電話があったのですね。確かに紺だけでは訪ねていっても信用されないかもしれません。新手(あらて)の詐欺と思われ兼ねないですよね。

「話は聞けたのかい」

勘一が言うと、青が頷きました。

「映画を観たし、俺のことも岸ちゃんから聞いてたみたいでお母さん、歓迎してくれたよ。今回の話をして、岸ちゃんが今もお父さんの本を処分して回ってるとしたらあんまりにも悲しいことだから止めさせたいんだって話したらさ、お母さんちょっと涙ぐんでた」

「やっぱりおふくろさんも知ってて悩んでたってこったな？」

紺と青が同時に頷きます。

「お母さん、どこかにしまってあった川田さんの本を一冊だけ出してきた。家にたくさんあったのは全部岸ちゃんが高校生の頃に処分しちゃったんだってさ。お母さんもずっとそれを気にしていたんだけど、今さらどうにもできなくてねぇって話を聞かされた。古本屋にも、まだお父さんが生きている頃によく連れていったって言ってたよ」

青が言います。そういうことでしたか。勘一が、煙草に火を点け、ゆっくりと煙を吐き出し静かに頷きます。

「あの涙の理由は、安見ちゃんの中に、気づかないようにしていたお父さんへの思慕が残っていて、のぞみちゃんと自分が重なったってこったな。そうして、涙を流してしまった自分にも驚いたってぇ感じか」

「だと思うな。お母さん言ってたよ。お父さんには、生活のために本を売らなきゃならない自分のふがいなさや後ろめたさみたいなものがあって、それを振り切るためにも、この子のためだと自分に言い聞かすためにもわざわざ岸ちゃんを連れていった。だから、必要以上に岸ちゃんに優しかった。本を売りに古本屋に行くときは岸ちゃんもすごく楽しそうだったたって」

青が続けて言うと、うん、と、勘一が頷きます。ずっと古本を売り買いしてきたわたしたちには、よくわかりますね。

貴重な本をお預かりすることもたくさんありました。生活のために身を切る思いで大事な本を売らなきゃならない人もたくさんいました。ドラマや小説の中の話ではなく、本好きの方や売れない作家さんなどは本当にそうするのですよ。それしか、手段がなくなるのです。

そういう人たちを、わたしたちはずっと見てきましたよ。

「たかが古本、されど古本てな」

勘一がそう言って小さく息を吐きます。

「まぁ安見ちゃんの中にあるもんは、何となく想像はついた。で？　のぞみちゃんの方は？」

「そいつはですねぇ」

木島さんが頭をぽりぽりと掻きました。

「ロクでもねぇ親かとも思ったんですけどね。研人くんも調べてきたように、母親も父親ものぞみちゃんをきちんと愛しているのは間違いないところみたいで」

「そうかよ。まぁそいつは良かったじゃねぇか。赤の他人の俺らが口出しするのは失礼ってもんか」

「ただまぁのぞみちゃんが両方の家を行ったり来たりしているのは、嫌々じゃなくて、むしろのぞみちゃんが積極的にしてるようなんですがね。それもこれも二人に仲直りしてほしいと思ってるからってところですかね」

「けど、夫婦仲を修復するのは難しいってか。でも娘がそうしたいって言うんでずるずるそんな生活を続けているってぇ感じか？」

木島さん頷きました。

「そんなところですね。あぁ親から連絡が来てなかったのは単純にメモを見てなかったんですね。我南人さんに言われて、恐縮してましたぜ。娘にそんなことさせてしまって申し訳なかったって。近々に本を持って詫びを入れに来るって言ってましたね」

うん、と勘一頷きます。

「そんならまぁそれでいいってもんだが」

「でもですねぇ堀田さん。いくらのぞみちゃん本人がそうするって言ってても、やっぱあんな小さな女の子に父親はあっちだ母親はこっちだと生活させんのは親としてどうかと思いますぜ。父親も確かにそれは悩んでいるんだって言ってましたけどね」

「確かにな。しかしそればっかりはどうにもならねぇしなぁ」

事情はそれぞれのご家庭であるでしょうが、のぞみちゃんのことを思えばどうにかしてほしいですね。

我南人は説明するのを人に任せて何をしているのかと思えば、川田鉄さんの本を手にして何やらページをめくって読んでいますね。この子はロッカーですが古本屋の息子だけあって、小さな頃から本だけはよく読んでいました。

「親父ぃい」

「なんでぇ」

「皆に来てもらってさぁ、親父から言った方がいいねぇ。安見ちゃんにも、のぞみちゃんの親にも、そんなことはもう止めた方がいいってさぁ」

勘一が唇をへの字にします。

「俺がかよ」

「頑固じじぃのあるべき姿はぁ、他人様（ひとさま）だろうがお上だろうが言うべきことをずけずけ言うことだねぇ。鬱陶（うっとう）しいって余計なお世話だって思われてもぉ、正しい人の道はこうなんだって怒鳴りつけて諭すことなんじゃないのぉお？」

「んなこたぁおめぇに言われなくたってわかってるけどよ」

勘一が少し右眼を細めて我南人を見ました。

「まぁいいさ。何か考えがあんだろ。どっちみち安見ちゃんには本の件で電話するんだし、のぞみちゃんの親は詫び入れに来るって言ってんだろう。おい紺、青。両方に電話して、面倒くせぇからいっぺんに来てもらえ」

「あいよ」

「営業が終わる頃にねぇえ」

我南人がにこにこしながら言いました。何か考えているのでしょうかね。

古本屋の営業は七時まで。カフェの営業も同じく七時までですが、ライブのある日はもちろん遅くまでやっています。近頃は大体週に一、二回はライブを開催していまして、我南人はもちろん、ミュージシャン仲間の風一郎（ふういちろう）さんや中川（なかがわ）さん、龍哉さんなどたくさんの方が演奏しています。

今日はライブの予定がありませんでしたので、いつものように七時には営業を終わります。カフェのお客さんも七時前にはいなくなり、後片づけが終わった頃にちょうど古本屋に安見さんが見えましたよ。

「今晩は」

「いらっしゃい」

帳場で勘一が迎えました。文机の上には安見さんのお父さんである川田鉄さんの本が十冊、積み重ねてあります。

「青さんからお電話貰って、本の都合がついたって」

安見さんが言います。勘一が微笑んで頷きました。

「そうなんですがね。売る前にちょいとあんたと話がしたいって思いましてね。こんな閉店のときに来てもらったんですよ」

「話、ですか？」

「まぁ立ち話もなんですからな。カフェに行って、コーヒーでも飲みながらにしましょうや」

言いながら勘一は本を抱え、カフェに向かいます。安見さんも小首を傾げながらついていくと、そこにはもう皆さんが揃ってました。さっき来られたんですよね。のぞみちゃんと、そのお父さんの名塚智春さん、お母さんは絢子(あやこ)さん。そうして、裕太さんもいますよ。

「増谷くん」

安見さんが少し驚きました。裕太さん、軽く手を上げて頷きます。

「まぁあれですよ」

勘一が抱えた本をテーブルの上に置き、どっかと皆を見渡す位置の椅子に腰掛けます。テーブルについた安見さんにすずみさんがコーヒーを持ってきましたね。もちろんのぞみちゃんにはジュースです。紺と青もテーブルについていますよ。

「名塚さんも別に詫びなんかいらねぇから、ちょいとこっちの話が終わるのを待ってくださいや。安見ちゃんよ」

「はい」

「この増谷の裕太は同級生だったんだってね」

「そうです。昨日、本当に久しぶりに会いました」

うん、と勘一微笑みます。

「裕太は我が家にもちょいと昔から縁があってね。しかも今度裏の家に住むことになって、お隣さんにもなるんですよ。で、この裕太ね、実はあんたが高校の文化祭のときに本を燃やすのを見ていたんだって言い出しましてね」

安見さん、驚いて眼を大きくさせました。そのまま裕太さんを見ると、裕太さんは大きく頷きました。

「今まで言う機会はなかったんだけど、見てたんだよ僕」

そうなの、と、安見さん小さく呟きました。勘一が二人を見て頷きます。

「今は脚本家で本の虫でもあるあんたが、そうやって単行本をどっさり燃やしていたってのはこりゃあなんかあるんだろうなってんでね、心配したんですよこの裕太。それでお節介かと思ったんだが調べさせてもらったら、あんた、安見ちゃん、この」

川田鉄さんの本を持ちます。

「亡くなった小説家の川田さんの娘さんだって言うじゃないか。そうしてよ、燃やしていた本はこのお父さんの本だったんだろ？」

勘一は優しく微笑みながら安見さんに言います。安見さん、唇を引き締めました。少し下を向きましたが、もうこの場に呼ばれた事情は察したようですね。

「何でそんな余計なことするんだって怒られるのは承知でよ、青があんたのお母さんに話を聞きに行ってきたぜ。あんたがろくでもない父親を恨んでいて、家にあった本も全部処分しちまったって。小さい頃にさ、お父さんに連れられて古本屋通いをよくしていたって話もな」

名塚さんも一体何の話だろうと思っていたでしょうが、本の話からどうやら自分たちにも関係しているのかと思い始めた顔をしています。

安見さん、溜息をつきました。

「その通りです」

「ってことはよ。あんた、うちのすずみが集めたこの川田鉄の本十冊全部買うって言ったけどよ。こいつも高校生んときみたいに燃やしちまうつもりだったのかい。まだ、父親を恨んでいるのかい。売れない小説ばかり書いて、家庭を不幸にしたまま死んじまったって思ってんのかよ」

一度眼を伏せましたが、安見さん勘一の顔を見ました。

「はい。そのつもりでした」

勘一、ふぅ、と溜息をつきます。

「俺たちぁ古本売るのが商売だ。買ってくださるんなら、買った後でその本をどうしようがあんたの勝手だけどよ。燃やされちまうのがわかってんのに売るわけにはいかねぇ。ただまぁあんたは青のお客さんだ。一緒に映画を作った仲間だ。そのよしみで売ってもいいけどよ。あんた、そこにいるのぞみちゃんが一人で本を売りにきたときにたまたまいたよな。昨日の今日だ覚えてるだろ？」

安見さんが、横のテーブルに座っているのぞみちゃんを見ます。眼が合ったので、ちょっとだけ微笑んでから、頷きました。

「覚えてます」

「売る代わりにって言っちゃぁあなんだが、そんとき、あんたが流した涙の理由ってのを聞かせてくれねぇかな」

「それは」

安見さんが、口籠り下を向いてしまいます。勘一が、優しい声で言いました。

「あんたの中にさ、父親への恨み以外のものがあんじゃねぇのかなぁって俺は思ったんだけどよ。勘違いかね」

ギターの音が聞こえてきました。全員がそっちを見ると、我南人がギターを抱えて居間からやってきましたね。これはエレキギターではなく、アコースティックギターですよ。まだ我南人が二十代の頃からの愛用の品ですから随分と傷がついていますよね。あら、後ろから研人もついてきました。研人は違うギターをストラップをつけて抱えています。

我南人、にこにこしながら勘一の隣の椅子に座りました。それから、テーブルの上にあった川田鉄さんの本を手に取り、安見さんの方に向けます。

「安見ちゃんぅ」

「はい」

「この本、知ってるよねぇ」

もちろんじゃないですかね。何を言い出すんでしょうかこの子は。安見さんも怪訝な顔をしながら頷きました。

「僕ねぇ、この本を読んで歌を作ったんだぁあ」

「歌？」

安見さんが思わず訊き返しました。

「のぞみちゃんもぉ、名塚さんもさぁあ、一緒に聴いてねぇえ」

ポロン、と、いきなり我南人がギターを弾き出します。柔らかな音ですね。わたしもロックンローラーの母ですし、これでもピアノを習いステージにも立ったことのある身ですから、音楽に関しては専門用語だってわかります。

スローバラードですね。我南人が優しいストロークと、アルペジオを織り交ぜながら弾いていきます。我南人の後ろに立った研人は、所謂リードギターですね。旋律をアレンジしてアドリブで弾いています。

眼を閉じ、すぅ、と息を吸い、声を張り、我南人が唄い出しました。

私の愛する幼子よ
吹き荒ぶ嵐にも耐えろよ
お前が歩くこの道に
私は種を植え続け
お前の道に花を飾ろう

私の愛する幼子よ
背中を押す手は届かずとも
お前の向かう彼方には
光溢れる土地がある
恐れず歩け我が子なら
私の愛する幼子よ

ギターの柔らかなアルペジオの音が流れ、研人がメロディを爪弾き、我南人の歌が静かに終わります。

皆が聴き入っていましたね。名塚さんご夫妻は思わずといった感じで拍手をしてくれました。こんな男でもさすが「伝説のロッカー」と言われるだけあって、親の欲目抜きに、本当に心に響く歌を唄うと思いますよ。勘一は腕組みしたまま聴いていましたが顰め面をしていますね。またこいつのせいで自分の出番は終わったとでも思っているんでしょう。

安見さんの瞳に涙が浮かんでいます。唇は引き結んだままですが、小さく震えています。泣くのを堪えているんでしょうか。

「安見ちゃんぅ」

ギターを抱えたままの我南人が言います。安見さんが、小さく頷きながら我南人を見ました。

「この歌の歌詞、わかるよねぇ。メロディはもちろん僕が作ったけどぉ、歌詞はぁぜぇんぶお父さんのこの小説に書いてあった言葉だよぉ。それをそのまんま使って組み合わせた歌詞なんだぁあ。君、全部読んでいるんだろうぉお？」

まぁ、そうだったのですね。

そういえば、いつの間にか青の隣に座っていたすずみさんがうんうんと頷きながらぽろぽろ泣いていますね。本の内容を知っているからこそもらい泣きしてしまったのでしょう。あら青の肩でごしごし涙を拭いています。

「君の気持ちをぉ、心の中の思いをぉ、僕らは他人だからぁきっと本当には理解できないねぇ。でもぉ」

我南人がもう一度本を手に取りました。

安見さんのお父さん、川田鉄さんの代表作『春なれば』ですね。その本を安見さんに渡そうと手を伸ばします。安見さん、戸惑いながら両手を出し、そっと、でもしっかりと受け取ってくれました。

涙を湛えた眼で、じっと本を見つめています。

我南人がにっこり微笑みます。

「LOVEだねぇ」

言うと思いましたが、やっぱり言いましたね。

「この本にはぁ、これだけじゃなくてお父さんの本にはぁ、悲しみも苦しみもあるけど、ぜぇんぶひっくるめて大きなものすごぉく大きなLOVEが溢れているねぇ。きっとこれはねぇ安見ちゃんぅ、ぜんぶぜぇんぶ君へ贈るLOVEなんだよぉ。それが溢れたからこそこの本は書けたと思うんだぁ。それを僕は感じてこうやって歌に出来たんだよぉ。LOVEのない本から、歌は決して生まれないんだぁ」

相変わらずのよくわからない理屈ですが、今回はまぁ納得はできますか。

わたしもそう思います。物語に限らず、ものを作るときには愛情がなければ良いものは出来あがりませんからね。

パン！　と勘一が腿の辺りを叩いて頷きます。

「まぁ、そういうこった。安見ちゃんよ」

安見さん、堪え切れずに涙がこぼれていますね。頷くことしかできません。勘一がテーブルの上の川田さんの本を全部、すっ、と安見さんの方に押しました。

「こいつは、あんたに売るぜ。お買い上げありがとうございますだ。そしてできればよ、燃やす前によ、もう一度あんたの親父さんの物語とよ、じっくり向かいあっちゃあくれねぇかな。あんたの心の中にある憎しみ以外のものを見つけちゃくれねぇか。これはよ、あんたの親父さんがこの世に遺した命だ。あんたと同じ、子供なんだよ」

そうして、名塚さんに向かいます。

「名塚さんよ」

「あ、はい」

「済まんかったなこんなのに付き合わせちまってよ。でもまぁ、要するに言いたいことはこういうこった。あんたらがのぞみちゃんを大事にしてるのはわかったけどよ。もうちょい、やり方を考えてくれりゃあいいかなって思うぜ。のぞみちゃんが一人で古本を売りになんかこないようによ」

　名塚さん、背筋を伸ばしてから、大きく頷きます。

「もちろんです。とんだご迷惑をお掛けしてすみませんでした」

「だから詫びはいいんだってよ。のぞみちゃんよ」

　勘一が優しく笑いながら、背中を丸めて目線を低くしてのぞみちゃんを見ました。

「はい」

「今度はな、本を持ってこなくていいからよ。いつでもおじいちゃんの店に本を読みに来てくれや。あったかいお店の中でよ、何時間でも本を読んでいていいからな」

「うん！」

　のぞみちゃん、今度はにこっと微笑んでくれましたよ。

＊

　夜も更けて少し冷えてきましたかね。この家は造りはしっかりしているものの、忍び込んでくる冷たい空気は防ぎきれません。

　紺が仏間にやってきましたね。

　ろうそくを点けて、おりんをちりんと鳴らします。話ができますでしょうか。

「ばあちゃん。いる？」

「はい、いますよ。お疲れさま。安見さんは帰ったのかい？」

「うん、さっきまで裕太くんと〈はる〉さんでゆっくり話し込んでいたよ。笑顔が見えていたからまぁオッケーじゃないかな」

「そうかい。でもきっと秘めたものがいろいろあるだろうから、青に様子を見るように言っておきなさいよ」

「そうするよ。でもひょっとしたら裕太くんに任せた方がいいかもって思ったよ」

「あぁ、そうかもしれないね。名塚さんには申しわけなかったね。変なことに付き合わせちゃって」

「いやそれがすごく喜んでいたよ。我南人のプライベートライブを観られたって」

「あの子はそこだけは役に立つね。のぞみちゃん、また三人で暮らせればいいけどねぇ」

「そこはどうなるかわかんないけど、のぞみちゃんが一人きりで過ごすようなことだけはしないようにするって約束してくれたから」

「まぁそういうものは努力してもらうしかないし、子供にはいつかわかってもらうしかないからね」

「しかしあれだね。研人はどんどん親父の後をついていくね」

「上手になったねぇ。あの子は本当に才能があるかもしれないけど我南人の真似(まね)だけはしないでほしいねぇ」

「まぁ親父よりは大人しいから助かってるけど。あれ、終わりかな？」

聞こえなくなりましたか。紺が微笑んで、またおりんを鳴らして拝んでくれます。ご苦労様でした。

人が心に思うことは、止めようがありません。他人はもちろん自分でだってどうにもできないときがありますよね。親と子であっても、一人の人間同士として向きあう時間が持てるかどうかは誰にもわかりません。一生持てないままということもあるでしょう。

それでも、慮るという言葉はあります。心の内を理解する努力は、気持ちを酌み取ることはできるはずです。誰かに対する優しい気持ちは、そのまま自分にも還ってくるものですよ。

㊅ 蔵くなるまで待って

一

師走(しわす)の声を聞くとどこも慌ただしいような雰囲気に包まれて、どこか気もそぞろになってしまいます。ましてやクリスマスが近づいてくると、賑やかなクリスマスソングもあちこちから流れてきますから、ますますそわそわしてしまいますね。
四、五日前、夜中に降り出して東京の街中を騒がせた真っ白な雪は、もうすっかり消えてしまいました。あの日は起き出したかんなちゃん鈴花ちゃんが、今年初めて見る雪に眼を真ん丸にして喜んで、パジャマのまま庭に飛び出そうとして、亜美さんすずみさんに止められていましたよね。
冬の間は寒々しい我が家の小さな庭も、観音竹(かんのんちく)の緑や南天の赤い実が冷たい空気にさらされて、とてもきれいに見えます。今年も庭にやってくるツグミやスズメ、オナガといった小鳥のためにと、花陽とかんなちゃん鈴花ちゃんで細竹に刺したミカンも色鮮やかに庭を彩っていますね。毎年この時期になると小鳥の餌台を造ろうかとも話すのですが、何せ我が家は猫も犬もいますから、あんまり鳥が集まっても拙かろうという話になります。

寒くても元気な犬のアキとサチが散歩から帰ってきて、その間を駆け抜けて遊んでいます。天気の良い今日は陽の当たる縁側にさっそくノラ、ポコ、玉三郎にベンジャミンが集まってきてのんびりと暖まりながら、庭を走るアキとサチには我関せずと寝転んでいます。こういうときの犬猫はお互いの姿を見て何を思っているのでしょうね。

そんな十二月の半ば。相変わらず堀田家の朝は賑やかです。

その上にクリスマスが間近ですから、居間のあちこちが華やかになってきました。緑色と赤の組み合わせや金銀の派手な色をした飾り物が、ちょこちょこ顔を出して来ましたよね。これはクリスマスを待ち切れないかんなちゃんと鈴花ちゃんのために、小出しにしているのですよ。

去年まではまだ小さなものを何も考えずに口に入れてしまうこともあったので、オーナメントなどは亜美さんのご両親、脇坂さんがタオル地のものを用意したりしていましたが、今年はもう大丈夫だろうと話していました。

あれですよ。少し前までは脇坂さんが、研人と花陽のためにもう山になるほどクリスマスの飾り物やプレゼントを用意していたのですが、今はかんなちゃん鈴花ちゃん中心ですからね。二人ともまだやればやるほど全身で喜んでくれますから、それはもうおじいちゃんおばあちゃんにとってはやり甲斐があるというものです。今から亜美さんはプレゼントは一個で充分だからね！　と、さかんに牽制(けんせい)していますけれど、脇坂さんの勢いを止めるのは無理でしょうね。

研人と花陽は、サンタさんに一喜一憂した時期もとっくに過ぎ、さらに家族でクリスマスを楽しむことから離れていくかもしれない年頃ですよね。

研人は今年は友達と一緒に、終業式の日にクリスマスライブというものをやるそうですよ。何でもロック部の発表会として教室でやる許可を取ったとか。あの子の行動力というか破天荒さはますます祖父の我南人に似ていきますね。良いことなのか、どうなのでしょうか。

花陽などは十六歳の女子高生ですから、それこそ彼氏とデートという年頃なんでしょうが、まるでそういうことには無関心に見えますね。実際男の子の話は一切聞きませんし、そんな予定は何もなくとにかく勉強が大事と普段から言っています。それは立派な心がけですが、クリスマスやお正月ぐらいはゆっくりと息抜きした方がいいと思いますよ。

今朝もかんなちゃん鈴花ちゃんが皆の座るところを決めて、お箸を置いて回ります。台所では藍子に亜美さん、すずみさんとかずみちゃんが朝ご飯の支度です。この家が建った当時からお客様が多かったという堀田家の台所は広く使い勝手が良いですよね。古本屋の建具なども随分と立派なのですが、そこの次にこの台所は本当に良い造りで、いまだにどこも軋(きし)んだりしていません。

今日の朝ご飯はパンにしたようです。トーストにハムエッグに焼いた大きなソーセージ、マカロニサラダに昨日の残り物のカボチャグラタン。いただきものの缶詰のコーンポタージュスープに、同じくミネストローネはどちらでも好きな方を。それに最近亜美さんが凝っている自家製のヨーグルトですね。バナナやミカンもありますよ。

勘一が上座に、その向かい側には、どこへ行っているのかここ二日ほど姿が見えない我南人に代わって紺が座っています。その他の皆がかんなちゃん鈴花ちゃんの決めた場所に座って「いただきます」です。

「大掃除にはいい天気だね」

「きょう、しょうじぱんぱんってしていいんだよね」

「あ、おじいちゃん今日の夜帰ってくるってメールあった」

「しょうじぱんぱんするんだよきょう！」

「あぁ〈昭爾屋〉さんの餅つきの臼(うす)と杵(きね)、ついでに洗って干しておこうよ」

「あぁこら玉三郎熱くて死んじゃうよ！　そこから出て来なさい」

「どうしてお義父さんは最近花陽ちゃんにだけメールするんでしょうね」

「しょうじはりのかみは、あとで、ぼくがatelierからもってきますから」

「ねぇ脇坂のじいちゃんにさぁ、プレゼント現金でよろしくってお願いしちゃダメ？」

「ちゃんと花陽姉ちゃんの言うこと聞いて一緒にやるのよ」

「今年は研人、臼と杵の掃除お前やれよ。もうできるだろ一人で」

「昔は米を煮て糊(のり)を作ったものだけどねぇ」

「祖父母にはできるだけ夢を見させるものなのよ？　それにあなたは印税あるじゃない」

「おい、納豆持ってきてくれ納豆。まだあったろ」

「ポコにしょうじのうえあるかせたら、だめ？　それでぱんぱんするよ」

「茅野(かやの)さんが、蔵の大掃除を手伝いに今日来るそうですよ」

「一人でぇ？　やるのはいいけどさ、親父か青ちゃんも運ぶの手伝ってよ。重いじゃん」

「はい、納豆です旦那さん。納豆トーストにしますか？」

「あ、ふじしまんきっとくるよそうじしに」

「猫は嫌がるからダメよ鈴花ちゃん」

「ふじしまんね、そうじしたいんだって」

「旦那さん！　どうしてコーンスープに納豆入れるんですかー！」

「旨(うま)いんだぜ？　知らないのか？」

知りたくもありませんよそんな味。どこをどう考えればコーンスープと納豆の組み合わせが浮かぶんでしょうこの人は。

あぁやめてくださいかんなちゃん鈴花ちゃんに飲ませようとするのは。小さい頃の食事が一生の味覚を決めるというじゃありませんか。あなたみたいな舌を持ったらどうするつもりですか。

そのかんなちゃん鈴花ちゃんが盛んに「ぱんぱんする」と楽しみにしているのは、大掃除の障子張りですね。ぱんぱんというのは障子紙に指を突っ込むときの音のことでしょう。子供はあれが楽しいですよねぇ。

「藤島さん、本当に来るのかしらわざわざ障子張りに」

藍子が言うと、かずみちゃんが頷きました。

「来るって言ってたよ。一度もやったことがないので日曜日の今年はぜひやりたいって」

「酔狂(すいきよう)な奴(やつ)だねあいつも」

勘一が笑います。今年も大掃除の時期ですね。障子の張り替えは毎年しているのですが、昨年は少し忙しくて半分もできませんでした。今年は残りを全部やると話していたのですよね。カフェや古本屋はもちろん営業しますけれども、手の空いている人は蔵の大掃除も含めて総動員です。

「ねぇ藤島さんだけじゃなくて、愛奈穂ちゃんも来るからね」

「あ、そうだったわね」

花陽が言って藍子が頷きます。花陽のお友達の谷田愛奈穂ちゃんですね。何でもやっぱり障子張りなんか見たこともないとかで、お手伝いをしに来てくれるそうですよ。そもそも障子がある家も昨今は少ないでしょうし、その障子に張ってあるのも張り替えなどしなくて済むようなものもあるのでしょうからね。

我が家の年末とお正月の営業は、暮れは二十八日まで。二十九、三十、三十一日とカフェと古本屋の大掃除や新年の準備に追われ、新年は三が日をしっかりとお休みし、四日五日ぐらいから営業を始めます。年によって多少前後はしますが大体そんな感じですね。今年のクリスマスはかなり慌ただしいですから、家の中や蔵の大掃除はその前にしっかり済ませてしまいます。

そうなのですよ。今年のクリスマスはただのクリスマスではなく、昨年亡くなった勘一の妹さん淑子さんの一周忌。そうして亜美さんの弟さんの修平さんの結婚一周年の記念パーティ、さらには高木さんが〈藤島ハウス〉で管理人を務め始めて一年の記念。いろんなものが亘なりましたので、皆でいつも以上に賑やかにやろうと話しているのです。

もちろん、池沢さん、藤島さんや三鷹さんに永坂さん、茅野さんに木島さんも呼んでいます。せっかくお隣さんになったのだからと、裕太さんたちも来てくれるということでしたよ。

朝ご飯が終わるとすぐにカフェも古本屋も開店です。

いつものように待っている常連さんがいますからね。亜美さんが元気な声で挨拶をして雨戸を開けます。かんなちゃん鈴花ちゃんももちろん一緒にご挨拶しますよ。カフェに来てくれるお年寄りの常連さんも孫のように可愛がってくれますからね。二人が幼稚園や小学校に行くようになるまでこれが続きますね。

「いくよ!」

「きょうはけんとにぃもいっしょにいこう!」

「えぇぇオレもぉ?」

研人が鈴花ちゃんに手を引っ張られます。研人にとっての実の妹はもちろんかんなちゃんで、鈴花ちゃんは従妹(いとこ)なのですが、研人は傍(はた)から見てもまったく分け隔てなく二人とも妹のように扱っています。そういうのが自然にできるのは良いことですね。

「はい、おじいちゃんお茶です」

「おう、ありがとよ」

勘一がどっかと古本屋の帳場に座ると、藍子が熱いお茶を持ってきます。今の寒い季節には良いですけど、夏の暑い盛りでも朝一番のこれは熱いお茶なんですよね。身体には良いでしょうけど、やっぱりこの人の舌はどこかおかしいのですよ。

「ほい、おはようさん」

「おはようございます祐円さん」

いつものように、近くの神社の元神主で勘一の幼馴染みの祐円さんがやってきます。あら、珍しく和服にとんびで登場しましたね。神主さんですから和服でももちろん良いのですが、いつもはジャージとかで登場しますよね。

「格好良いですね祐円さん！　どうしました？」

亜美さんが訊きます。祐円さんがニヤけますよ。

「いやなにたまにはよ。こういう格好もいいかなってな」

「ゆうえんさんおはよう！　おつむてんてんするよ！」

「はい、おはようさんかんなちゃん鈴花ちゃん。どうぞおつむてんてん」

祐円さんがしゃがみ込んでつるつるの頭を出すと、かんなちゃん鈴花ちゃんが大喜びで頭をぺしゃぺしゃと叩きます。これも習慣になってしまいましたけどいいのでしょうかね。

「ほい、おはようさん」

「おう、おはよう」

祐円さんがとんびを脱いで、帳場の端に腰掛けます。

「何だよ今日は。きこめしてお出掛けか？」

「違うんだよ勘さんよ。こりゃあな、親父の服よ」

「おう、そうかい」

あら、顕円さんのものでしたか。そういえば見たことがあるような気がします。祐円さんのお父さん、顕円さんにはわたしと勘一の結婚のお式をやってもらったのですよね。

「何の気紛れか嫁がクリーニングに出してよ。もったいないからたまには着てくれってな」

「いいじゃねぇか。神主らしい風格も出るじゃねぇかよ」

その通りですよ。いくら悠々自適の毎日と言いましても、たまには人目を気にした服装をしないと駄目ですよ。

たたたっと小さな足音がして、かんなちゃん鈴花ちゃんが古本屋にやってきました。

「ふじしまんくるよ！」

かんなちゃんがそう言って入口を指差すと、からん、と音がして古本屋の戸が開き、藤島さんが入ってきました。本当にこのかんなちゃんの勘の良さは年々磨きが掛かってきますね。

「おはようございます」

「おう。おはようさん」

藤島さん、今日は大掃除に参加するべくやってきただけあって、セーターにジーンズとラフなお姿ですね。それでも何を着ても似合ってしまうのがさすがイケメンですよね。

「ふじしまん！　しょうじぱんぱんするから、はいってはいって」

「はいって！　すぐにやるから。さよちゃんもくるから！」

かんなちゃん鈴花ちゃんが手を取って引っ張ろうとするのを、すずみさんが笑って止めました。

「二人ともまだよー。ふじしまんだってまずはコーヒー飲んでからよ」

「そっか！」

「そっか！」

あきらめもいい二人です。さっと離れてまたカフェに走っていきますよ。

「相変わらずモテモテだね色男よ」

祐円さんが言います。

「子供には自信がありますよ」

藤島さんが笑って丸椅子に座りました。勘一も苦笑いして、煙草に火を点けます。

「しかし、わざわざ休日に大掃除の手伝いってのは、お前さんも本当に女っ気がないね」

「そうですね」

「はい、藤島さん。コーヒーです」

すずみさんがコーヒーを持ってきます。

「ありがとうございます。まぁ障子張りをやってみたいのも本当なんですけどね。実はご相談もあったんですよ」

「おう、なんだい」

「見合いしたいんならいくらでも俺が紹介するよ？」

祐円さんに、いやいや違います、と藤島さん苦笑いしてコーヒーを一口飲みます。

「実はですね。うちの社で今デジタルアーカイブ事業をやりはじめているんですけれど」

そこまで言って藤島さんピタリと止まりました。勘一の顔を見ます。

「あの、こういう話は紺さんを呼んだ方がいいですかね？」

勘一がにやりと笑います。

「馬鹿野郎、電子書籍ってぇ黒船がやってきてるこの時代によ、俺ら古本屋が勉強してねぇとでも思ったか。デジタルアーカイブってのは要するに蔵書丸ごとデジタルデータにして保存するってこったろうよ。それぐらいわからいでどうする」

「おみそれしました。それなら話が早いです。どうですか、仕事抜きの話なんですけど、堀田家の蔵の古典籍や貴重な資料類をデジタルで保存しませんか？　もちろん作成時からデータ管理を完璧にして外に漏れないようにしてのことですけど」

「蔵のものを全部か」

　ふむ、と勘一が考え込みます。古いものしか受け付けない頑固な老人のように見えますが、実は勘一、新しもの好きですよ。パソコンだってなんだって自分ではやりませんが、孫たちに言われて良いと思えばすぐに受け入れます。

「仕事抜きってことは費用はそっち持ちかよ」

「そうです。言ってみれば事業を進める上での我が社のトレーニングみたいな感じなのですが」

「ってことは、あれだろ。どこぞの古くさいものをたっぷり持ってるお偉いさん、大方お役所みてぇなところだろうさ。その辺りと組む仕事なんだけど、おめぇの会社はこんだけ古いものもきっちり出来るってぇ実績として見せるために我が家を餌にしようってんだろ」

　ニヤリと笑って勘一が言います。

　そんな言い方をしては可哀相ではありませんか。藤島さん、思わず苦笑します。

「何もかもお見通しですね。まぁ詳しくはまだ言えないのですが、実はそうなんです」

「相変わらず優男（やさおとこ）のふりして食えねぇ奴だぜ」

　済みません、と藤島さん頭を下げます。それは当然ですよね。日進月歩のＩＴ業界でもう何年もの間トップランナーとして走っている方なんですから。我が家にいるときには、とてもそんな風には見えないですけれどね。

「けどまぁ確かにそれは悪い話じゃあねぇな。この先考えりゃあデジタルで残しとくってのもありっちゃありだ」

「そうなんですよ。以前にも紺さんとはそんな話もしていたので、どうかなと思ったんですが」

　さて、と、勘一考えましたね。

「まぁおめぇが人一倍古書好きだってのはもう十二分にわかってるが、実際によ、今にも朽ちそうな重要な古典籍の修補やなんかに携わったことはさすがにねぇだろ」

「それは、確かにありません」

「仮にやってもらうにしてもよ、その辺をきっちり紺にでも叩き込まれてからじゃねぇとても安心して任せられねぇが、その辺はどうなんでぇ」

「もちろん、それを教えていただけるなら願ったり叶ったりです」

　勘一、うん、と頷きましたね。そんなに念を押さなくても藤島さんなら大丈夫ですよ。

「いいぜ。掃除終わった後でゆっくり腰据えて話そうや。確かまたしばらく隣に住むんだろ？」

「そうです。もう昨日から来てますよ」

　あら、そうだったのですね。それじゃあまた朝ご飯をご一緒できて、かんなちゃん鈴花ちゃんが喜びますよ。

「またマンションでも改装するのかよ。こないだしたばっかりじゃなかったか」

「なんだいまたかい。金持ちは違うねぇ」

軽く毒づく祐円さんに藤島さんまた苦笑いです。

「そんなんじゃないですよ。こっちだって僕の部屋ですからね。たまには住まなきゃなという気紛れです。堀田家の朝ご飯も恋しくなってきたし」

「おう、いくらでも食ってけ。ただし飯代は藍子んところの家賃で相殺するからな」

冗談ですからね。毎日のご飯ぐらいはいくらでも食べていってくださいな。

カフェの朝の慌ただしさが一段落したところで、蔵の大掃除と障子の張り替えが始まりました。

座卓をずらした居間と仏間を使って、手の空いている人間がわらわらと集まって行います。でも、その前にお楽しみの障子破りですよね。

「えい！」

「えい！」

かんなちゃん鈴花ちゃん、そしてお隣さんになった小夜ちゃんもお母さんの玲井奈ちゃんとやってきて、きゃあきゃあ言いながら、小さな指と拳で障子を突き破って行きます。楽しいですよねぇ。その昔は我南人も、そして藍子や紺や青も張り切ってやったものですよ。一応、怪我しないように見張ると言いながら、花陽とお友達の愛奈穂ちゃんも一緒になって障子を破っています。本当は破かない方が剝がしやすいのですが、まぁこれも風物詩ということでいいでしょう。

今日は天気が良く、風もない暖かな陽差しで良かったですね。縁側を開けての大掃除には持って来いの日です。

紺と青とすずみさん、そして先程いらした茅野さんも加わって蔵の大掃除も始まりました。いつもきちんと掃除はしていますが、天井の梁などはやはり埃が溜まります。皆がきちんとマスクをして頭巾もした方がいいですね。

何せ膨大な量の古書などが入っている我が家の蔵です。一度に全部やってしまうといくら時間があっても足りません。なので、毎年つけている大掃除の記録の帳面を見ながら今年はこの辺をやろうと話しながらするのですよ。

「いやしかし、何度入ってもここはわくわくしますね」

茅野さん、頭に巻いた手拭がお似合いですね。失礼ですが元刑事とは思えない、いつもお洒落な出で立ちの茅野さんなんですが、今日はまたどことなく懐かしいジーンズのサロペットを穿いています。色褪せて年季の入った感じがまたよろしいですね。

「私なんか毎日入ってもわくわくしてるんですよ」

すずみさんが言います。本当にそうですよ。毎日眼をキラキラさせて古本と向きあっているすずみさんを見ていると、ここの嫁になるために生まれてきたんじゃないかと思います。その横で、作業台の上に図面と帳面を広げて見ながら紺と青が話しています。

「畳替えは二年前にやったからいいよね」

「うん、畳はまた来年辺りでいいな。金庫の中も去年もやったからよしとしようか」

「え、今年も金庫の中もやりますよ何言ってるんですか二人とも」

すずみさんが言って青と紺が苦笑します。夏になる前には必ず虫干しはしていますが、すずみさんは金庫の中の古典籍を見るのがまた年末の楽しみなのですよね。

「わかったよ。やります。鍵持ってこないとな」

「じゃあ、まずは天井のすす払いからいきますかね。全員上って一斉にやらないと、下にいるとひどい目に遭うよ」

年末の〈昭爾屋〉さん主催の餅つき大会に使う臼と杵は、さっき青と一緒に物置から出した研人が台所の裏手で洗っています。水で洗うのには冷たい季節ですが、実はあそこはお湯が出るのですよね。何やら鼻歌を唄いながら、豚毛のブラシでごしごしと手慣れたものですよ。あれですよ、歌の上手い人の鼻歌というのは聞いていても気持ちがよいものですよね。

「さん、のところにむしtowelをあてて、すこしずつはがすと、きれいにはがれますよ」

「あぁ本当だ。意外と簡単に剝がれるものですね」

「のりがのこっていたら、cutterやなんかで、そっとけずります。たいらにしないと、しょうじ、ゆがみますから」

庭に置いた作業台の上でマードックさんと藤島さんが障子紙を剝がしていきます。マードックさんは日本画家でもありますから和紙を扱うことに関しては専門家ですよね。何せ襖も造ってしまう人ですから、我が家ではいちばん障子張りが巧いです。

居間の方では座卓の上に障子を置いて、花陽と愛奈穂ちゃん玲井奈ちゃんが張り替えをやっていますね。

「まっすぐなところでやらないとね、ピンってきれいに張れないんだ」

「霧吹きは最後？」

「霧吹きはね、やるなら糊が乾いてから。しなくてもいいんだよ」

花陽が二人に教えながらしています。小さい頃からずっとお手伝いでやっていますから、もうお手のものですよね。すす払いや、障子張りに畳替え、そういう風景を見ていますと、年が終わるのだなぁという気がしてきますよね。

からん、と、古本屋の土鈴が鳴りましたね。どなたかお客さんですか。見てみると、女性の方が入ってきましたね。

「いらっしゃい」

帳場に座る勘一が顔を上げ、少し微笑みます。男性の場合にはだいたい仏頂面なんですが、我が家の男たちは女性には基本的に優しいですよね。

パンツスーツにベージュのコート姿。お仕事を持ってらっしゃるような雰囲気がありますが、今日は日曜。平日も休日も関係ない職種の方でしょうか。軽く勘一に会釈をした後、本棚に向かいました。

上から下までじっくりと本棚を見ていきます。その様子に勘一も自分の作業に戻りましたね。今は本に貼り付ける値札を作っていますよ。

女性の方が思わぬ本を見つけたという様子で一冊手に取ります。帳場にやってきましたね。

「これ、お願いします」

「はい、毎度あり」

勘一が値段を確認します。

「こちらは千と百円ですな。お嬢さん、うちの店は初めてですな？」

「はい、そうです」

「別嬪さんなのでおまけして千円にしときましょう」

勘一、にっこりと微笑みます。強面ではありますが、笑えば愛嬌はあるのですよ。

「あ、ありがとうございます」

これはいつもすることなのです。男も女も関係なく、初めてのお客様には大体百円おまけしますすよね。勘一の江戸っ子気質の気前の良さもあるのですが、リピーターを増やすという商売上のささやかな戦略でもあります。

「あの」

「ほい、何でしょう」

勘一を見てにこりと微笑みます。細面に目元の涼しいお嬢さん。おそらくは天然の、くるくるした巻き毛がチャーミングな方ですね。

「こちらのお店は、創業が明治と伺ったんですが」

「明治の十八年創業ですな。私のね、祖父が作った店ですよ」

お嬢さんが眼を輝かせます。

「あの実は私、こういう者でして」

持っていたバッグから名刺入れを取り出し、少し慌てた様子で名刺を一枚勘一に差し出します。勘一もはいはいと受け取りました。

「えーと、フリーライターの仁科由子さんですかい」

あら、そのお名前は。

勘一も覚えているはずですが、そこは客商売。顔には出さずにただ頷きました。

「はい、実は私、昭和の古い時代の物事をいろいろと調べておりまして、突然で大変失礼なのですが、もしお許し願えれば、今後このお店についていろいろとお話をお伺いしたいと思っているのですが、そういう取材のようなものはご許可願えませんでしょうか」

「いやぁ、ええっと仁科さんね。我が家はね、そんなご大層な取材を受けるような店じゃねぇんでね。済まねぇがそういうのは全部お断りしているんですよ」

これはいつもの台詞ですね。基本的に我が家は新聞雑誌テレビの類の取材は受けない主義ですので。

「そうなのですか」

押しが強い方ならここからさらに押してくるのですが、勘一の迫力の前にはたじろいでしまうのですよ。女性ですから今日は優しくしていますけどね。

「申し訳ないですな」

「あの、では、取材とかではなく、こちらで買い物をするついでに、こうして世間話というのもダメでしょうか？」

勘一、苦笑いしました。

「いやぁ買ってくれるお客さんにそんなことは言えませんな。こんな爺さんでよければ、お買い上げのついでの世間話ぐらいならいくらでもお付き合いしますぜ。ただし、その話をどっかに書くんでなきゃね」

「そうですか！　ありがとうございます。あの、では」

仁科さん、ぐるりとお店を見渡します。

「とても素晴らしいお店だと思います！　ぜひまた本を買いに来ますので！」

「そいつはどうも。隣にカフェもありますんでね。ぜひご贔屓に」

仁科さん、ぴょこんとお辞儀をしてお店を出ていかれました。勘一がその背中を少し唇をへの字にして見送りましたね。

あら、蔵にいると思った紺が姿を見せました。あぁ金庫の鍵を取りに戻ってきて、話を聞いていたんですか。

「じいちゃん、今の人って」

「おうよ」

勘一が頷いて、名刺を持ってひらひらさせます。

「前に木島の野郎が言ってたライターさんだろうぜ。五条辻家の秘密を追ってるって言ってたな」

「だよね」

「ついにここを突き止めやがったってところかな」

勘一が渋面を作りました。そういうことになるのでしょうね。

我が家のカフェでは日曜日もランチタイムをやっています。とはいえ平日よりはお客様も少ないので、のんびりとやれますよ。

藍子と亜美さんとすずみさんがお客様をさばく中、居間では大掃除部隊の皆がおにぎりとおみおつけ、おかずはソーセージ入りの野菜炒めという簡単な昼食を摂っています。まだまだ大掃除は続きますからね。手早くささっと済ませるのがいちばんです。

かんなちゃんと鈴花ちゃんは裏の小夜ちゃんのお家にお邪魔しています。何でも向こうでホットケーキを食べるとか。二人ともお任せしちゃうと玲井奈ちゃんも大変ですから、かずみちゃんも一緒に行ってますよ。かずみちゃん、玲井奈ちゃんのお母さん三保子さんとは気が合うみたいでよくお喋りしていますね。

まだ雑然としている居間の座卓で、我が家の男性陣と花陽に愛奈穂ちゃん、藤島さんと茅野さんがおにぎりを頬張っています。

「でもさぁ、この仁科さん？」

青が座卓の上の名刺を指差します。食べながら、先程いらした仁科さんの話をしていたのですね。

「こうやって我が家に辿り着いたってのは、かなり有能なライターさんなんじゃない？　何せ五条辻家の記録ってほとんど残っていないんだから」

「そうなるよね」

紺も頷き、話を聞いた藤島さんが眼を細めます。

「そもそも、サチさんのことを知ってるのは、当時はほんの一握りの人だったのですよね？」

「今だってそうだぜ。ご近所の皆さんだってサチの家のことはほとんど知らねぇよ」

「どこから、じょうほうをえたんでしょうね。すごいですね」

マードックさんが感心します。

「まぁこの先何をどう訊かれようと笑って無視するしかねぇけどな。木島とは長い付き合いだっていうし、あの野郎の口ぶりからすると性質の悪いお嬢さんじゃあねぇんだろうから冷たくはできねぇからな」

「難しいところだね」

「でも」

藤島さん、頬張ったおにぎりを飲み込んで言います。

「もしもあんまりにも強く踏み込んでくるようなら、何か対策を施さなきゃならないですね。サチさんの秘密はあの蔵の中のいろんなものの秘密にも関わってくるでしょう？」

「あの」

愛奈穂ちゃんが、おずおずといった感じでちょっとだけ手を挙げました。何だか授業中、先生に向かって手を挙げる生徒さんみたいですね。

「どしたの？」

花陽が訊きました。

「いえ、なんか、秘密のお話をしているみたいなので、わたし、ここにこのまま居ていいのかなって」

皆がそれぞれに顔を見合わせて、思わず笑いました。

「いやこりゃお客さんに気を遣わせちまったな。済まないね。なんてこたぁねぇよ。そんな大した秘密ってぇ話でもないからな」

「そうそう。大丈夫」

花陽も愛奈穂ちゃんの肩をぽんと叩きました。愛奈穂ちゃん、花陽を見てちょっとだけ真剣な顔をします。

「花陽ちゃん」

「ん？」

「もし何だったら、あれ、お願いしちゃおうかな」

「する？　すっごいナイスなタイミングだもんね」

花陽と愛奈穂ちゃんの会話に、皆が何だろうという表情を見せます。

「なんだいナイスなタイミングって」

青が少し笑って言います。

「何か、できることがあるならするよ？」

紺が愛奈穂ちゃんに微笑みます。花陽が唇をふにゃふにゃさせました。何か企んでいるのですね。もう高校生ですからすっかり大人の顔つきになっていますが、そういう表情はまだ幼さを感じさせますよね。

「実はね、愛奈穂ちゃんのお父さんについての話なんだけど」

「お父さん？」

皆が首を傾げます。愛奈穂ちゃんもちょっと恥ずかしそうな済まなそうな表情を見せます。

花陽がにこにこして皆に向かって言いました。

「一肌脱いでもらいたいなって思ってることがあるんだ」

「ほう」

曾孫の頼みごととその言い回しに勘一が嬉しそうな顔をしましたね。一肌脱ぐんですか。さて、何でしょうね。

「おーい！」

あら、かんなちゃん鈴花ちゃんの声ですね。裏の木戸から小夜ちゃんと一緒に元気一杯に走って戻ってきたようです。

あぁあぁ、転んでしまいましたかね。大丈夫ですか。ちょっと見てきますね。

二

翌日です。

昨日張り替えた障子から差し込む光が、鮮やかになったような気がします。まだまだ大掃除は残っていますけど、とりあえず大物は片づきましたね。

かんなちゃん鈴花ちゃんはいつものように学校に行く研人と花陽を見送りますが、しばらく隣の〈藤島ハウス〉に住むようになった藤島さんも今日からまた朝食の席に加わったので、いつにも増して大きな声で「いってらっしゃーい！」を三回も言って見送ります。二人ですからつまり六回の「いってらっしゃーい！」がご近所に響き渡っていましたよ。

藤島さんの苦笑いはいつものことですが、研人と花陽もそんな風に笑います。そういう笑いができるようになったのは、大人になった証拠ですよね。子供の成長は早いものです。わたしもちょっとそこまでご一緒しますか。

あれはいつでしたかね、新聞配達の彰太さんにこの姿を見られてからは外に出るときにもちょいと気を遣いますけど、あれですよ、ふわふわと浮かんだりしない限りはたぶん見える方はただ見えるだけでしょうし、そうそう姿が見える方もいらっしゃらないでしょう。

「研人くん、この間の我南人さんが唄ったテレビドラマの主題歌も作ったんだろ？　凄いね」

三人で並んで歩きながら藤島さんが言いました。研人が少し照れますね。

「作ったたって言っても、アレンジとか修正とかでほとんどあれはじいちゃんの曲だよ。オレはまだまだぜんぜん中途半端」

我南人のお蔭（かげ）だとしても、それでも中学生にして作曲したものがプロの作品として世に出ているのは凄いことだとわたしも思いますよ。

「いや、そんなことないし、まだ中途半端だと自分で思ってるところもまた凄いよ。大したものだ」

「藤島さんそんなに褒めないでよ。こいつすぐいい気になるんだから」

「なんだよいい気になんかなってないよ」

花陽と研人が鞄を振り回してじゃれあいます。いとこ同士のこの二人、互いに思春期を迎える年齢になっても変わらず仲が良いです。そんな二人を藤島さんは優しく微笑んで見ています。

いつも思いますが藤島さん、こうして我が家に通ってくれて、家族同然に過ごしていただけるのはとても楽しいことなのですが、ご自分の家族を作る気にはならないのでしょうかね。

それじゃあね、と、研人は駅の反対方向の中学校へ、花陽は駅へ、藤島さんは一度アパートへと戻って行きました。それぞれお仕事にお勉強、頑張ってくださいね。

師走の空気の中で、いつものようにいつもの時間が流れていきます。

ここのところ、お隣さんになった裕太さんの家にかんなちゃん鈴花ちゃんがお邪魔することが多いですね。小夜ちゃんは二人のひとつ上ですが、翌春から同じ幼稚園に通うことを決めています。裕太さんの姓は増谷ですが、妹の玲井奈ちゃんは結婚して夏樹さんの姓を名乗っているので会沢さん。ですから表札には増谷と会沢の二つが並んでいますよ。面倒臭いので我が家では下の名前で呼んでいますけどね。

あら、まだお昼前ですけれど、木島さんがお店にいらしていたようですね。

「よう、毎度」

「どうも、おはようございます」

「ちょうどいいや。おめぇに話があったんだ」

帳場で勘一が言うと、木島さんも頷きました。

「俺も話が二つばかりあるんですよ堀田さん。まずは、由子の件でしょう？　あいつ、昨日来たんですって？」

「なんでぇ随分と早耳だなおい」

「いや驚きましたよ」

木島さん、急いで走ってきたのでしょうか。丸椅子に座って一息つきました。

「はい、木島さんコーヒーです」

すずみさんがカフェからコーヒーを持ってきました。

「あぁ申し訳ねぇですね」

一口飲んで、落ち着きましたかね。勘一がひょいと眉を上げて意味あり気に笑い、木島さんを見ます。

「そんなに早く知ったってことはよぉ、おめぇたちひょっとしたら付き合ってんのか？」

「いやいやとんでもない！」

木島さん、ぶるぶると思いっ切り頭を振りましたね。勘一が眼を細めて木島さんの顔色を窺って(うかが)いますよ。何ですか何事か考えている眼ですね。

「そんな色っぽい関係じゃないですよ。メールが来たんですよ。五条辻家のことを知ってるはずの古本屋〈東京バンドワゴン〉を見つけて行ってきたってね。そりゃあ嬉しそうに絵文字入りで。で、慌てて、いやまぁ俺が出入りしてるのがバレても拙(まず)いんで興味ないフリをして一緒にメシ食って聞き出してきたんですよ。どっからそんな情報を仕入れたのかって」

「ほう」

勘一が文机に身を乗り出します。後ろで本を整理していたすずみさんもぐっと近寄ってきましたね。

「どっからなんだい」

「それがですね」

木島さん、ポケットからメモ帳を取り出します。

「えーとですね。堀田さん、戦前戦後の作家で〈小舟黒丹(こふねこくたん)〉ってぇ探偵小説作家を知ってますかい」

「あ？　小舟？」

勘一が驚きます。すずみさんも眼を大きくさせましたよ。

「知ってますよ〈小舟黒丹〉！　戦前戦後に活躍したんですけど、ほんのわずかな作品を遺しただけで病気で死んでしまったんですよ。探偵小説にまるで耽美(たんび)小説のような美しさときらびやかさを持ち込んだ異色の作家として知られていますよ！」

力が入りましたねすずみさん。それにしても本当に知識が豊富です。まるでスーパーコンピューターみたいですよね。

「さすがだねすずみちゃん。俺もまだそこまでは調べてませんけど、そうなんでしょうね。で、堀田さんは」

「知ってるも何もよぉ」

ふっ、と笑いましたね。

「奴ぁ戦友よ」

「えっ」

「なんと」

「と言ってもよ、すずみちゃんも知っての通り、俺は結局訓練ばっかりしてるうちに戦争が終わって帰ってきちまった口でな。小舟もそうだったのよ」

そうなんですよ。小舟さん。懐かしいですね。わたしが初めてお会いしたのは昭和の二十一年。終戦後に堀田のお義父さんのご厚意でこちらにお世話になっているときです。まだ勘一との本当の結婚前でした。

思い出します。我が家のそこの庭ででしたよね。〈蔵開き〉の席上でしたよ。

勘一が煙草に火を点けて、煙を吐きます。

「まったく古い名前が出て来たぜ。〈小舟黒丹〉な。本名は小舟どころか〈大船戸悟吉〉ってぇ立派な名前よ。あいつが死んじまったのは、昭和の二十八年だか九年だったか。いや三十年までは生きたか？　とにかく結核で若くして死んじまってな。この店にもよく来てくれたんだぜ」

「そうだったんですかい」

わたしが嫁いできたのは終戦の年でしたが、それ以前からこの店には小説家の方々がたくさん出入りしていたと聞いています。小舟さんもそのお一人でした。今でもあのもじゃもじゃ頭を思い浮かべることができます。

勘一もいろいろ思い出したのでしょうね。口元に笑みが少しばかり浮かんでいます。戦争があり、そして負けて、それはもう大変な時代でしたけど思い起こせば楽しい思い出もたくさんありましたよ。

「で？　小舟がどうしたってんだい。あいつの遺した本は一冊切りだぜ。『帝都迷都伽藍堂』ってぇ探偵小説の短編集だが」

「そう」

木島さんがパチンと指を鳴らします。

「まさにその本ですよ。由子の奴、その本をどっかの古本屋から手に入れましてね。なんとそこに書き込みがあったんだそうですよ」

「書き込み？」

「古書店〈東京バンドワゴン〉の名と、サチさんの名前ですよ。その他になんて書いてあったのかは秘密だとかぬかしやがって教えてくれなかったんですけどね。しかも、その書き込みは、いやその本自体が作者である〈小舟黒丹〉が持っていたものなんで本人のものに間違いないんだってね—」

「へぇ」

勘一が感心したように頷きました。そんな本が出て来たのですか。

「奴ぁ結婚はしなかったたし、親は空襲で死んじまって家族といやぁ確か妹さんがいたぐらいだが、その妹さんが保管でもしていたか」

「いや詳しいことはわかんねぇんですよ。で、ですね堀田さん。何としてもそいつを手に入れたいんなら、俺が何とかしてもいいんですがね」

「まぁなぁ」

頷きながら腕組みします。

「その本はうちにも一冊あるから、本自体はいいんだが。ただそいつが本当に小舟の蔵書でしかもそんな書き込みがあるってんなら、一度は見てぇ気もするけどな」

「ですがね、ちょいと言いにくいんですけどね。どうも由子の口ぶりじゃあ」

木島さんが口籠ります。

「何だよ。はっきり言えよおめぇらしくもねぇ」

「いや、そのぉ。どうもその小舟黒丹さんとね、サチさんの間に、何というか秘めたロマンスがあったんじゃないかって由子は言うんですが」

「秘めたロマンスですか?」

すずみさんが驚きます。

勘一も眼を丸くしました。

わたしもびっくりですよ。何を言い出すんでしょう木島さん。もちろん、そんなことは一切、何もありませんでしたよ。どこからそんな話が。

「そいつぁまぁ、あれだ」

勘一もどう反応していいかわからないようで、ごま塩の頭をがりがりと掻きますね。

「何というか、話の種にはなりそうだわな」

話の種でもとんでもありませんよ。そんなことはありません。

「無理矢理あいつから手に入れてみますか？」

「いや待て待て」

勘一が首を横に振りました。

「小舟の本で、しかも本人の蔵書で書き込みがあるなんてぇ代物の話はとんと聞いたことがねぇ。もしそんなもんが前からあったんなら俺の耳に入らねぇはずねぇからな」

「あ、なるほど。そりゃそうですね」

「ってことは、つい最近にどっかで見つかったもんだろうよ。だとしたらどこの古本屋が手に入れてたかなんてのはすぐにわかるぜ。電話一本で調べられるし、書き込みが本当にあったとして、そいつを仕入れた古本屋が真っ当なところなら後でややこしいことにならねぇように文面も控えてあらぁな。なぁすずみちゃん」

すずみさんも頷きました。

「そうですね。すぐにわかると思いますよ」

「じゃあとりあえずそいつはいいですね。ってことは由子の奴も止めなくていいですかね？　放っておけばあいつはまた顔を出しますよ」

勘一が、うんと頷きます。

「まぁおめぇの言うようにそんなに性質の悪い子でもなさそうだったしな。まずはいいってことにしておこうや。で？　もうひとつの話ってのは？」

木島さんが眼を細めて頷きます。

「こっちはさらにちょいとマジな話なんですけどね。藤島社長のことなんですよ」

「藤島の？」

＊

お昼時、居間では勘一と紺と青、そしてかんなちゃん鈴花ちゃんにかずみちゃんがお昼ご飯です。カフェはランチタイムを藍子と亜美さん、すずみさんにマードックさんで回しています。

〈食事は家族揃って賑やかに行うべし〉を家訓とする我が家ですが、さすがにお昼ご飯はそういうわけにはいきませんので、交替制で済ませていきます。そして手早く済ませられるメニューが多いですね。今日はうどんのようです。

かんなちゃん鈴花ちゃんも座って、小さな木のお椀でうどんを食べていますよ。

「うどん、もっと食べるかかんな」

「たべる」

「すずかも！」

「はいはい」

どんどん食べてくださいね。それにしても、紺と青がそれぞれ向かい合って座るのはいいとして、どうしてかんなちゃん鈴花ちゃんはそれぞれのお父さんじゃなくて、それぞれのおじさんの隣に座っているんでしょうね。割と高確率でそうなんですけれど、これも不思議ですね。

「でもさぁ、ばあちゃんのロマンス話って、じいちゃんそれマズいんじゃないの？　知らない方が良くない？」

青が隣に座ったかんなちゃんにうどんをあげながら、微妙な笑顔を浮かべて言います。

何ですかそのいやらしい顔は。言っておきますが、まったく事実無根の話ですからね。

紺にそう言って皆に伝えてほしいぐらいですよ。

「何を言ってやがんでぇ。サチに限って、んなことあるはずがねぇじゃねえか」

そうですよ。ありがとうございます、信用していただいて。

「それはどうもごちそうさまです」

「でも、ちょっと文学史的に興味はあるよね。〈小舟黒丹〉さんがその本にどんな書き込みをしていたのかは。まさかそれだけってことはないだろうし」

　紺が言うと、勘一も頷きます。

「まぁな。貴重な資料にはなるかもしれねぇからよ。岩男に電話しといたよ。仕入れたのはどこかを確認してくれってな」

　神保町の古書店〈岩書院〉の大沼岩男さんですね。我が家は加入していませんが、〈東京古本組合〉の会長さんで、勘一とは古い付き合いの方ですよ。

「それとさぁじいちゃん」

　青です。

「仁科さんが本当にその本から情報を仕入れて我が家に関わろうとしていたんだとしたら、それを利用したら案外あの件は上手くいくんじゃない？　ひょっとしたら渡りに船ってやつ？」

　紺も勘一も、うむ、と頷きましたね。何ですあの件とは。わたしの知らないところで何か話していたんでしょうか。

「こっちに取り込んじまうってこったよな」

「そうそう、そういう話」

「まぁ案外な。そんなんであっさり片づいちまうかもしれねぇが、念のためにもう少し外堀は埋めてぇよなぁ」

「親父に頼んだら？　なんたって木島さんは親父の大ファンなんだし、仁科さんの本の中でもロック関係の記事は多かった。〈我南人〉の名前もたくさんあったよ」

「我南人か。まぁ確かにあいつを引っ張り出すのも手か」

勘一が頷きます。何を企んでいるのかは知りませんが、仁科さんに関わるものなのは間違いないところでしょうか。

「じゃあまぁそこんところは、我南人の野郎が帰ってきたところでもう一度話をするか」


お昼ご飯が終わるとかんなちゃん鈴花ちゃんはお昼寝の時間。相変わらずどこででも誰とでも眠ってくれるのですが、今日はかずみちゃんが〈藤島ハウス〉の自分の部屋に連れて行って寝かせてくれています。

カフェで忙しかった藍子と亜美さんとすずみさんも食事を済ませて、居間で一休みです。マードックさんは何やら美術関係の方との打ち合わせがあるとかで出掛けていきましたね。お客さんの足がぱったりと止まっていますので、青が一人でカフェと古本屋を見ています。

居間には美味しそうな匂いが漂っていますね。女性陣は皆で紅茶を飲んでいるのですか。

「え、今度は藤島さんがスキャンダルですか」

「そんな話が出ているんですか？」

亜美さんとすずみさんがちょっと驚いて言います。先程、木島さんが話していったもう一件とやら。藤島さんの若い継母（ままはは）の弥生さんの話をしているようですね。何でもどこかが特ダネの醜聞として扱おうとしているみたいですよ。

「藤島さんと五歳しか違わないんでしたっけ？」

藍子が言うと、勘一が頷きます。

「でもじいちゃん、いくら藤島さんが、最近ますます注目されていて〈日本のザッカーバーグ〉なんて言われてても、継母の話までスキャンダルっぽく扱えるかどうかは疑問だけど」

「なんでぇそのサッカーハンバーグってのは」

「ザッカーバーグ。人の名前。アメリカのIT業界の風雲児みたいな人だよ。仲間内で作ったサイトが世界中で大ヒットして、若くして億万長者になった人物。ほら、フェイスブックを作った人だね」

紺に言われて、勘一があぁあれか、と頷きます。わたしもその画面は見たことありますよ。紺と青、我南人にもそのフェイスブックのページとやらがありますよね。

「藤島んとこはまたそんなに儲（もう）かってんのかよ」

「すごいですよ。新しく作った会社でも大ヒットを飛ばしてますからね」

「だってこの間は経済誌で首相と会談していたよね藤島さん。でもうちでは〈ふじしまん〉」

すずみさんと亜美さんが感心したように言ってから、苦笑いします。まぁそんなことまでしていたのですか藤島さん。ふぅむと勘一頷きます。

「確かによ、継母が若いってだけじゃあスキャンダルには弱いだろうけどよ。俺も木島に教えてもらって初めて知ったんだが、あいつの親父さんはあの〈藤三(ふじみつ)〉だっていう話じゃねぇか」

「ふじみつ？」

すずみさん亜美さんが小首を傾げます。紺も一瞬考えましたね。藍子も少し考えた後に言います。

「ふじみつ、ってひょっとして書家の〈藤三〉？」

「そうよ。現代日本の三大書家の一人ってぇ話の〈藤三〉。本名藤島三吉(さんきち)さんとかだな」

そういう方が、藤島さんのお父様だったというのは驚きですよね。でも、亜美さんすずみさんはまだピンと来てないみたいですね。無理もありません。じつはわたしもお名前ぐらいしか存じ上げませんでした。

「ごめんなさいだけどちょっとよく知らない方面だわ。かなり高名な方なんですか？」

亜美さんです。

「確か、皇室関係の書もその方が書いているとか、だったかしら？」

藍子が言いました。藍子は画家ですから少しは知識があったようですね。

「そうみてぇだな。俺も大して知ってるわけじゃねぇが、大層な作品集と、どっかに展示してある屛風やなんかを見たことはあるぜ。年齢は七十七歳で、その若い後妻さんとの年齢差四十歳だってな」

「まぁでも愛の前には年の差なんて」

紺が言います。

「紺ちゃん、どうして私を見るのよ」

「見てないだろ」

皆が笑いましたけど、確かに年の差で藍子は驚きはしませんね。

「木島の話じゃな、どうしてかは知らねぇが今まで藤島は親父がそういう高名な書家だってのは内緒にしていたらしいぜ。まぁ書家なんて確かに経済ニュースじゃあそうそう関係ないから誰もほじくらなかったんだろうさ。ところがどっこい日本経済界の若きスターの父が高名な書家でしかも喜寿にもなってそんな若い奥さん貰ってよ、その奥さんが年も近い義理の息子の藤島とあちこち出歩いてるなんてのがわかってきてな。下衆な野郎どもが嗅ぎ回ってるって話だ」

うーむ、と皆が顔を顰めますね。

「確かに下衆の勘ぐりをすれば、いくらでもできそうなネタか」

紺が腕組みして言います。

「でも嫌な話ね。有名人だからしょうがないのかもしれないけれど」

藍子が言います。いろいろ面倒事が起こるのはわたしたちも我南人で経験してますからね。

「またこれがな、その後妻さんは滅法美人で才媛ってやつらしいぜ。亜美ちゃんみたいなよ」

「そんなおじいちゃん、今さらわかりきったお世辞を」

亜美さんが手をひらひらさせて、皆が笑います。

「いやそしてな、それこそ亜美ちゃんと同じで昔は国際線のスチュワーデスだったらしいぜ。年齢も近いからどっかで顔を合わせたこともあるんじゃねぇのか」

「え、そうなんですか？　どちらの会社ですか？」

亜美さんとは違う航空会社でしたよね。

「旧姓は本山って言ってたぜ」

「本山弥生さん？」

あら、亜美さんの表情が変わりましたね。

「知ってんのかい」

「知ってるってほどでもないし会ったことはないですけど、きっとモッチーですね」

亜美さん少し考え込みましたね。何でしょう。モッチーというのはたぶん愛称でしょうね。

「どしたい」

「スチュワーデスって、今はキャビンアテンダントですけど、意外と社の垣根を越えて横の繋がりがあるんですよ。あちこちで顔を合わせますから、直接会って情報交換も頻繁にやってましたね。何せ私の頃は携帯もようやくって時代でしたから」

「直接のつながりがまだ多かった頃だよね」

亜美さんが現役というともう十五、六年も前ですから、そういう時代でしたかね。

「そんな中で、本山弥生さん、通称モッチーっていうライバル航空会社の人がとにかく凄いって話は聞いたことありましたね」

「凄いってのは何がどう凄いんでぇ」

亜美さん、微妙な表情を浮かべましたね。

「才媛なのは間違いないところですけど、その他にも今の言葉で言えば、肉食系女子でしょうか」

むぅ、と勘一、眉を顰めました。もちろんわたしはその言葉がどんな意味かは知ってますよ。古本を通じて言葉というものには敏感になる商売ですからね。きっとその昔で言えばモダンガールみたいな言葉だと思いますけどね。

「こう言っちゃあなんですけど、仲間内には玉の輿に乗ることだけを考えてる人も大勢いましたよ。私の頃はバブルも弾けて急降下を始めたような時期でしたしね。モッチーの計算高さと手段を選ばない男選びは皆が〈女豹〉とか言ってましたね。もちろん、直接確かめたわけじゃなくて、そういう話を聞いただけなんですけど」

藍子もすずみさんも紺も、うーん、と少し考え込みます。

「でもまぁ、そういう聞いた話だけで邪推するのはいけないことよね。やっかみ半分の中傷もあったかもしれないし」

藍子が言うと、すずみさんも頷きます。

「そうですよ。きっと愛があって、七十七歳のおじいちゃんと、三十七歳の元キャビンアテンダントの才媛美女は結びついたんですよね」

何となく心がこもっていないような気もしますがそれはそれとして、そうであってほしいと思うのが人情というものではないでしょうかね。

「藤島さんのお父さんもさ、書家としてはたぶんきっと人間国宝クラスの人物なんだろうけど、財産があるってわけでもないんだよね？　えてしてそういう人たちは慎ましやかな生活をしているもんだし」

紺が訊くと、勘一が唇をへの字にします。

「それがよ」

「え、あるの？」

「木島の話じゃあ、軽井沢の何百坪ってぇ敷地の豪邸に住んでるそうだぜ」

「あらら」

それはまた豪勢なお話ですね。

「スキャンダルをでっちあげる条件はものの見事に揃ってるってわけだ」

紺も腕組みしましたね。

「木島さんは、どうする気なんだろう。いくらなんでもそういう記事が出るのを止められないでしょう」

藍子です。

「無理だわな。だからよ、藤島に身辺に注意しろっていうべきか、あるいはそんな記事が出ちまったら慰めるべきか」

「あるいは、何がどうして今こうなっているのか、事情を詳しく訊くべきか？」

「放っておくのも気になるし、どうしたらいいですかねぇと木島は訊いてきてよ。しかしまぁいくら俺らと藤島の仲とはいえな」

「親しき仲にも礼儀あり、ですよね。人間誰だって踏み込んでいい部分とそうじゃない部分を持っているんですから」

　すずみさんが言います。

「そういうこった。あいつが何か悩んでる様子ならどうだ腹ぁ割って話してみろやって言えるがよ、あるいはあんときの姉さんの話みたいによ。親しい奴に頼まれた人助け云々の話なら別だが、今のところあいつはいつものあいつだしよ」

「そうだよね」

　紺も頷きます。

「でも」

　亜美さんです。

「そう言われてみれば藤島さん、どうしてまた〈藤島ハウス〉に住むようにしたんですかね。前のときはマンションの改装だったからだけど、今回は違うみたいだし」

「そういやそうだな。たまにはこっちに住まないと、とか何とか言ってたが、誰か他に理由を聞いたか？」

　ううん、と皆が首を横に振りました。

「何にも聞いてないね。何かあったのかって訊いたら特に理由はないですけどね、って笑ってたよ」

　紺が言って、ふむ、と勘一、腕を組みました。

「そう考えると、蔵のもんをデジタルアーカイブ化したいって言ってきたのも、唐突っていやぁ唐突か」

「あぁ、そうかもね。確かに酒飲みながらそんな話をしたことはあったけど、無理にやる必要もないしなって話で終わっていたよ。それも大分前だね」

「それに、旦那さん。今まで藤島さんが、お父さんが書家だって話をしなかったのも不思議だと思いませんか？」

すずみさんです。

「確かに古本屋と書家は直接は関係ないですけど、でも遠い親戚みたいなところもありますよね。藤島さんがあんなに古書好きっていうのも、お父さんが伝統ある書の大家だっていうのに関係してるような気もしますけど」

遠い親戚というのは上手い表現ですね。古典籍など墨で書かれたものも多く扱います。書の素養というのも確かにわたしたち古本屋には必要なものですから。

成程な、と勘一頷きます。

「そこら辺も含めて、藤島が早く帰ってきた日にでも一杯やりながら探りを入れてみるか」

「それがいいかもしれないね」

紺が言って、皆も頷きます。

＊

夜になって、どこかへ行っていた我南人がふらりと戻ってきましたよ。ギターを手にしていますから大方どこかでライブをやっていたとかそんなところなんでしょうけれど、事務所にも何も告げずにどこかに行くのは止めてほしいものですよ。

「なんだぁ、かんなちゃんも鈴花ちゃんも眠っちゃったぁ？」

「とっくにですよ」

亜美さんとすずみさんが、お腹が空いたという我南人にお茶漬けやら晩ご飯の残り物やらを温めてあげて持ってきながら苦笑します。今日は二人は青とすずみさんの部屋で眠っていますよ。後でかんなちゃんを紺と亜美さんの部屋に移動します。

花陽は部屋でお勉強でしょう。藍子とかずみちゃんは〈藤島ハウス〉に戻りましたね。藤島さんはまだ帰っていないようですけど、相変わらずお忙しいのですね。紺と青は二人でお風呂に入っています。

お風呂から上がってきていた勘一と研人とマードックさんは三人揃ってトマトジュースを飲んでいました。これは最近花陽に、健康のためにそうしろって言われたんですよね。確かにお酒を飲むよりは身体に良さそうです。

我が家のお風呂は大きくて大人二人でも楽に湯船に浸かれます。そして人数が多いですからなるべく一緒に入るのですが、ここのところは勘一と研人とマードックさん、紺と青と我南人という組み合わせが多いですよね。

もちろん、いちばん最初に入るのは早くに眠るかんなちゃん鈴花ちゃんですね。今日はお母さんたちと一緒に入ったようですよ。

「おい我南人よ」

「なぁにぃ」

口をもぐもぐさせながら我南人が答えます。

「この先クリスマスまでまたどこぞにふらふらする予定なのかよ。それとも家にいるのか」

「もうずっといるつもりだよぉお、研人と一緒に〈紅白歌合戦〉に呼ばれちゃうかなぁって思ってスケジュール空けといたからねぇ」

「何言ってんだよじいちゃん」

研人が笑います。そうですよ。あなたは随分昔に一度呼ばれたときにステージでとんでもないことやらかして、あそこの局には出入り禁止になっているじゃないですか。

「それならちょうどいいや。おめぇにちょいと探りを入れてほしいお嬢さんがいるんだけどよ。フリーライターさんでな」

我南人がちょっと眼を大きくさせました。

「ひょっとしてぇえ、仁科由子さんぅ？　ついに家に来たのぉお？」

「なんでぇ知ってんのかよ？　誰に聞いた？」

にっこり我南人が微笑みます。

「あちこちからだけどぉ、ぐるっと遠回りしてぇ、マードックちゃんにだねぇ」

「マードックに？」

「え？　ぼくですか？」

マードックさん、驚いて眼を丸くしてますね。

「ぼく、にしなさんなんて、しりませんでしたよ。おしえてませんよ」

そんな悪いことではないので慌てなくていいのにマードックさん。

「大分前にぃ、木島ちゃんにぃ、娘がいるんだぁって教えてくれたでしょうぉ？」

「あぁ、はい。きじまさんも、がなとさんにはおしえてもいいよって、いってましたから」

あらそうなのですか？　木島さん独身ですよね？　わたしは初耳ですよ。でも勘一も皆も頷いてますから知ってたんですか。いつどこでそんな話をしたんでしょうね。わたしだけが聞き逃しましたか。

「それからぁ、ぐるーっと回ってぇ、知ったんだよぉ」

よくわかりませんが、とにかく相変わらずいつの間にか全部知っているようですね。

「どこをぐるーっと回ったんだよ。とにかく知ってんなら都合がいいや。なんとかクリスマスまでによ、その仁科由子ちゃんてぇ子の気持ちを確かめてきてくれや」

「わかったよぉお、内緒にだねぇ？」

「もちろん、内緒でだ」

勘一がにやりと笑います。

「せっかくクリスマスパーティにあっと驚かせようってんだからよ。絶対木島の奴にはバレないようにやれよ」

三

今日は随分と朝から冷え込みました。

学校と会社へ向かった花陽と研人と藤島さんもマフラーをしっかりと巻いて寒そうにしていましたよ。かんなちゃん鈴花ちゃんは、縁側のガラス戸に息を吹きかけるとあっという間に真っ白くなって、そこに絵を描けるのでおもしろがってずっとやっていました。でもそこは冷えますからね。風邪を引かないように気をつけてください。

我が家では、いつもと変わりなく時が過ぎていきます。

変わりのない毎日は退屈などではなく、それが心地良いから変わる必要も、そうして代えもきかないものなのですよ。何をどう選ぶかは人それぞれですが、少なくとも我が家は創業当時から変わらないことを選び、こうして古いものに囲まれて時を過ごしているのです。

午後も遅くなり、カフェにも古本屋にものんびりとした空気が流れています。

紺と青が並んで座卓でパソコンに向かっていますが、紺は書き物の仕事、青はたくさんの古本を並べながらリスト作りですね。あれは地味ですが中々大変な仕事なのです。根気があり、本物の本好きでないと務まりません。

かんなちゃん鈴花ちゃんはお母さんたちとかずみちゃんとお買い物。カフェでは藍子とマードックさんがカウンターに並んで立っています。

勘一も帳場で煙草を吹かし、文机に本を広げて読んでいますね。ガラス戸が開く音がしたと思ったら、あら藤島さんがやってきました。いえ、朝から我が家にいましたから帰ってきたという感じですね。

「どうした。随分お早いお帰りで」

勘一が本から顔を上げて言います。

「いえ、予定が少し変更になって時間が空いたので、蔵の中のアーカイブ化の話でもさせていただこうかなと思って帰ってきました」

「おう、そうかい」

勘一が本を閉じたときに、後ろにあるプリンターが音を立て始めました。こんなに古くさい古本屋ですが、パソコンやプリンターは全部無線何とかで繋がっているんですよね。

「じいちゃん、〈岩書院〉からメール。ＰＤＦが添付されてたからプリントアウトするよ」

青が帳場にやってきましたね。

「お帰り藤島さん」

「ただいま」

二人で顔を見合わせ微笑みます。この二人が並ぶと相変わらずドラマの撮影のような雰囲気が漂いますよね。

「岩男からってぇと、あの小舟の本の件か」

「その通り」

プリンターから紙が流れてきます。最初に出て来たのは大沼さんからのお手紙でしょうか。勘一の背中から覗き込みます。あぁどうやらその様ですね。間違いなく小舟さんの本の売り買いがあったと書いてあります。

「何か、おもしろいものが売りにでも出たんですか」

藤島さんも無類の古書好きですからね。〈岩書院〉の名前ももちろん知ってますから眼を輝かせてますよ。

「違うんだよ藤島さん。実はね、ばあちゃんのロマンスが発覚するかもしれないんだ」

「え？　サチさんの？」

昨日の木島さんの話はまだ藤島さんは聞いていませんでしたものね。青が説明すると、さらに藤島さん興味深げな表情になりましたよ。

「〈小舟黒丹〉の『帝都迷都伽藍堂』は僕も持ってますよ！　あの人がここに通っていたんですか。書き込みは本当にあったんですか？」

「まぁ待て待て。今読むからよ」

勘一がプリンターから吐き出された紙を手に取りました。全部で四枚ありましたね。

「ほう、京都の〈楠七書房〉が手に入れたもんか」

「あぁ、あそこなら信頼できるね」

青も頷きます。〈楠七書房〉さんも戦後から続く古株の古書店ですよね。わたしも若い頃は勘一と一緒に何度かお邪魔したことがありますよ。文面によると、さるところの蔵の中の長持に眠っていたものが最近出て売りに出されたようですね。

「なになに。書き込みは多数に及び全部を送るのは大変なので二、三枚適当に送る、とね。その内容は、〈東京バンドワゴンへ行こう〉、それから〈鱒の鮨は嫌いだ〉？　なんだこりゃ。〈あの店ならきっと手に入る〉、〈サチさんに買って上げると喜ぶだろうか〉

こいつかネタ元は。〈だがしかし〉、〈シュールレアリスムは幻想か〉、〈眠い。腹が減った〉あいつはいつも腹を空かせていたぜ」

「こっちには、〈魚を盗んだ猫の行く先は地獄だろうか〉、〈溜息、溜息、溜息、溜息〉悩んでるね。〈何となれば〉、〈人目を忍ぶ事も容易い事ではない〉あぁこれもそれっぽいね。〈人殺しの夢を見てその夢を書き続けるのは愉悦なるや〉さすが探偵小説家。〈其処へと言うか君も。其処は何処だ〉」

勘一につづけて青が読み上げます。どうやら書き込みのあったページを〈楠七書房〉さんがコピーして保管していたようですね。その中の一部を送ってきたのでしょう。話を聞いていた紺もどれどれと帳場にやってきました。

勘一が文机に並べた紙を男四人で眺めて、うぅむと唸って腕組みします。

「これは、まぁあちこち拾い読みして、さらに深読みすれば確かにロマンスがあるようにも思えますすね」

藤島さんが言います。確かにそんな風に言われれば、〈サチさんに買って上げると喜ぶだろうか〉〈溜息、溜息、溜息、溜息〉〈人目を忍ぶ事も容易い事ではない〉などを続けて拾い読みすれば、いかにもわたしと小舟さんがそんな関係の様にも思えますけど、本当に誓ってそんなことはありませんよ。

「確かにな」

「でもさ、一ページに全部書かれているんならともかく、これ随分バラバラだよね。何かさぁ、自分の本を読み返しながらふと思ったことをちょこちょこ書いた感じかなぁ」

青が言います。

「そんな感じさなぁ」

「〈サチさんに買って上げると喜ぶだろうか〉って何だろうね。じいちゃん思い当たることある？」

紺に訊かれて勘一が苦笑いします。

「もう六十年も昔だぜ。覚えちゃいねぇよ。小舟の野郎が店にやってくるときに、手土産かなんか持ってきたことはあったかもしれねぇけどよ」

「ですよねぇ」

藤島さんも頷きます。わたしもさっぱりわかりません。もし小舟さんから何か個人的に贈り物を頂いたのならそれは間違いなく覚えていると思うのですが、心当たりはありませんねぇ。

勘一が、ふぅむと唸って、何か考え込んでいる風です。

「ただし、大昔の話ではあるけどよ。ロマンスが本当にあったかなかったかを調べる手はあるな」

「そうなの？」

青です。

「どうやって？」

紺が訊くと、勘一さらにうぅむと深く唸って腕組みします。この顔は本当に何かを頭の中でこねくり回している顔ですね。

「一石二鳥、いや三鳥を狙えるか」

勘一がそう呟いて、藤島さんを見ます。

「藤島」

「はい」

「ちょいと蔵の中でよ、二人で話そうや」


蔵の中はもちろんちゃんと電気が通っていて、ここでも冬はオイルヒーターが活躍します。あまり寒暖の差が激しいと古書によい影響を与えませんからね。誰もいなくても暖房は入っているのですよ。

二人きりで何を話すのかわかりませんが、ついてきました。中二階には作業台も椅子もあります。蔵の中もこれでなかなか快適なのですよ。勘一が奥の方で何やらごそごそしているのは、きっと秘密の棚から何かを出しているのでしょう。

大事なものを多く守っているこの蔵には秘密の棚や隠し場所がたくさんあります。紺でさえ知らない隠し場所も多く、それはいずれ勘一が天に召されれば誰かに託されることになります。藤島さん、何が出てくるのかとわくわくしているんじゃないでしょうか。

「さて、こいつだ」

勘一が手にして作業台まで戻り、そっと置いたのは木箱ですね。それなりの大きさがあって随分重そうですよ。

「何が入っているんです？」

勘一にやりと笑い、木箱の蓋を開けました。

まぁ、これは。

「これは、何ですか」

「手に取って開いてみろよ」

藤島さん、きちんと白手袋をして、そっとその中から一冊を取り出し開きます。少し眉間に皺を寄せ読んでいるようです。

「堀田さん、これはひょっとして」

藤島さんが顔を上げて訊きました。勘一が小さく微笑んで頷きました。

「サチの、日記よ」

そうなのです。箱の中にはわたしが残した日記がびっしりと詰まっていました。あんなところに隠していたのですか。ちっとも知りませんでしたよ。藤島さんも少し笑みを見せました。

「サチさん、きれいな字を書かれていたのですね。とても読みやすいです。これ、全部そうですか？」

「全部だ。何冊あったかな。ここに嫁に来てから死ぬまで毎日書いていたから相当な量があるぜ」

あるでしょうね。五十六年分です。おおよそ一年に一冊使っていたはずですから、少なくとも五十冊は。藤島さん、少し息を吐いてそっと日記を閉じます。

「当時の生活の様子を知る貴重な資料だとは思いますが、これ以上好奇心で読んではサチさんに失礼ですね」

「実は俺も一切読んでねぇんだ。サチに怒られると思ってな」

そうだったのですか。怒りはしませんが、大したことも書いていませんので貴重だなんて言われると気恥ずかしいですね。本当に、日々の備忘録みたいなものですよ。

「そうか」

藤島さんが頷きました。

「これで、サチさんのロマンスの謎を解明できるってことですね？」

「そういうこった。あいつは几帳面（きちょうめん）だったから毎日日記をつけてたぜ。ロマンスなんてもんはねぇはずだが、もし小舟から何か告白されてたり贈り物でもあったんなら、あいつはきっと日記に書いてたはずだからな」

「全部に、いや小舟さんがここに通っていた時期の日記を読んでいけばそれがわかるかもしれないと」

なるほど、確かにそうですね。小舟さんのことを日記に書いたような日があったでしょうか。来客があったことなどは確かに書いていたと思いますから、ひょっとしたらあるかもしれません。読まれるのは恥ずかしいですが、疑いを晴らすためにもぜひ誰かに調べてほしいですね。

「それでよ、藤島」

「はい」

「この日記を調べるのもそうなんだが、デジタルアーカイブを作るんなら、当然この場所に機材持ち込んでって話になるな」

「そうですね。デジタルカメラにパソコンにスキャナー、保存用のハードディスクなど、一切合切持ち込んで長期に亘(わた)っての話になると思います」

「当然、関わる人間は、我が家の者かあるいは信頼できる人間ってこった」

その通りです、と、藤島さん頷きます。

「扱う機材は普通のものばかりですからね。難しいことはないので、堀田家の皆さんでできればいちばんいいんですが、やはり専任が一人いた方がいいですね。かといって堀田家で誰かを専任でつけちゃうのは難しいでしょうし、我が社で信頼できる者を派遣しようかと思っていたんですが」

「それをよ、あの仁科さんにおめぇの方からお願いするってのはどうだ」

「仁科さん？」

ちょっと驚いた後に、藤島さんぽんと手を打ちました。

「なるほど、その手がありましたか」

「良い手だろ？　仁科さんには我南人が絡んでいるはずだからよ。後で連絡取って上手いことクリスマスパーティに間に合わせてくれや」

「わかりました」

藤島さん、にこりと微笑みます。わたしの知らないところで何か話が進んでいるようですが、どうやら見えてきましたね。

「これで一石二鳥ってわけだが、三鳥の話をするとよ藤島」

「はい」

「木島の野郎がちょいと心配していてな」

勘一、藤島さんの継母さんの件で木島さんに聞いた話を教えてあげました。亜美さんがたまたま知っていた話も含めてです。

藤島さん、真剣な表情をして小さく息を吐きました。

「そうでしたか。どうも、プライベートなことでご迷惑をお掛けして済みません」

「いやちっとも迷惑なことじゃねぇよ。それより何より、お前さんが今回このデジタルアーカイブの話をうちに持ってきたのも、またこっちに住み出したのも、何よりも親父さんがあの〈藤三〉だって話を今までしなかったってのも、何となく全部一繋がりなような気がしたもんだからよ」

藤島さんが眼を閉じて、少し下を向きます。何かを考えるようにして、顔を上げました。

勘一を見て、大きく息を吐きました。

「まったくもってその通りです。まさかそこまで見抜かれるというか、読まれてしまうとは思ってもみませんでした。意図的に隠そうとしていたわけじゃないですけど、まだまだですね僕も」

勘一が、少し微笑みます。

「別によ、おめぇの家庭の問題にまで首を突っ込もうってわけじゃあねぇんだ。ただよ、何となく匂いがしたもんでな」

「匂い？」

藤島さんが少し驚いたように動きます。

「親父さんが書家の大家って知ったときにな、ぷん、と薫ってきたような気がしたんだよ。それは口にしちまうと陳腐になっちまうけどよ。おめぇが古本好きだったり、我が家に足しげく通うようになったり、ちっとも女っ気がなかったりする理由ってのが全部よ、その親父さんに関わっているんじゃねぇかってな。だからまぁ、こうして薄暗い蔵で面突き合わせて二人きりで話してんだけどよ」

藤島さん、じっと勘一を見ます。

「匂い、ですか」

「匂いだな」

ふっ、と、藤島さん微笑まれます。

「父にも言われました」

「何をだ」

「お前のやっていることには〈匂い〉がないと」

勘一が首をちょっと傾げます。

「あまり親子仲は良くないのかい」

「良くない、という感じでもないのですが、なかなか口で説明するのは難しいです。父と弥生さんがどうして結婚したのかも、スキャンダルのネタのようなものを提供してしまったことも説明はできますけど、その説明はすればするほどどんどん本質から遠ざかっていくような気がしていまして、今まで何も話してませんでした」

「成程な。まぁそりゃわかるような気もするがな」

　確かにそうですね。人の心持ちというのは、何もかも言葉にできるというわけではありません。むしろ、できない場合の方が多いのではないでしょうか。だからこそ誤解やすれ違いもあるでしょうし、何も言わずに察してあげるとか、慮るということが大事になってくるのだと思いますよ。

　藤島さんが何かを考えるように少し下を向いています。

「まぁいいさ」

　勘一が笑います。

「別に何もかも聞き出そうなんて思ってねぇよ。木島が心配していたからよ。会ったときにでも軽く礼でも言っとけ。大丈夫だから心配すんなって」

　藤島さんが小さく頷きました。

「堀田さん」

「おうよ」

「父と、〈藤三〉と会っていただくことは可能でしょうか」

「親父さんと俺が？」

　こくん、と頷きます。

「父は以前から〈東京バンドワゴン〉の存在は知っていたようです。今までここに通っていることは一切話していなかったんですが、先日ここの蔵のデジタルアーカイブを作るという話を父にしたとき、今まで見たことのない表情をしました。わかりやすい表現をすると〈お前にそんな甲斐性があったとは驚きだ〉という顔でした。理由まではわかりませんが、たぶん父もここを訪れてみたいと以前から思っていたはずです」

勘一が口をへの字にします。

「成程」

腕を組んで、蔵の天井を見上げました。

「言葉を尽くすほど遠ざかる、か」

うん、と頷きます。

「いいぜ。書の大家〈藤三〉にこんなちんけな店にお出でいただけるなんて光栄なこった。お待ち申し上げてますって伝えてくれよ」

四

藤島さんのお父様、〈藤三〉こと藤島三吉さんが見えたのは二日後でした。同席しない方がいいということで、藤島さんはいらっしゃらないで、藤三さんは奥様の弥生さんと一緒でしたよ。

藤島さんは、あまりお父様には似ていらっしゃいませんでした。ということは、実のお母様似なのでしょうね。

喜寿をむかえられた藤三さんですが、背筋もしっかりと伸び少し長めの銀髪で細面。書家と言われればいかにもその様な雰囲気をお持ちの方です。これで和装でしたらぴったりだったのですが、意外にも濃紺のスーツ姿でした。奥様の弥生さんは、噂通りの美しい方でした。亜美さんはよく怖いぐらい美しいと言われますが、弥生さんは古風な日本美人という感じがしましたね。

お二人で古本屋を眺めて、しきりに感心し、勘一が蔵までご案内します。中二階の作業台にテーブルクロスを敷き、藍子がコーヒーを運んできて、すぐに戻りました。

済みませんがわたしは邪魔にはなりませんので、同席させていただきます。

藤三さん、頭を巡らせ蔵を眺めます。それからゆっくりと息を吐きました。

「想像通り、素晴らしい文書蔵です。これほどのものを拝見させていただくのは、七十年も生きてきて初めてです」

「お褒めに与り光栄ですな。ただ古いばかりのもんですが」

勘一の言葉に、首を軽く二度横に振りましたね。

「大げさではなく、感服しました。ここには確かに、どう言えばいいか、古きものの気配が生き生きとしています。おそらく日本中を探しても二つとないでしょう」

「まぁ」

勘一も少し微笑みました。

「やたらと古いもんは確かに残ってますよ。そして、そいつらの匂いってもんが充満してますな。もっともそいつを理解できる人間は少なくなっちまいましたがね」

「確かに」

藤三さん、頷いてコーヒーを一口飲みます。弥生さんも、いただきますと小さな声で言って口をつけました。

「コーヒーも美味しい。こちらのお店が繁盛しているのがよくわかります」

「なに、青息吐息でようやくってもんですよ。お宅の直也くんにも贔屓にしてもらって助かってますぜ」

「あれは」

藤三さん、勘一を見ます。

「古書好きでこちらに通い詰めていると最近知って驚いたのですが、お邪魔になるようなことはありませんか。何かこの蔵のものをデータで保存するために仕事をすると言っていましたが」

「邪魔どころか、我が家のもんは皆直也くんのファンですぜ。曾孫の女の子たちなんかあんまりにもいい男なもんでのぼせ上がっちまって困ってますな」

勘一が弥生さんに向けて笑みを見せると、弥生さんも頷きます。

「私も、イケメンの息子ができて喜んでいます」

「そうでしょうよ」

弥生さん、わたしが言うのもなんですがよろしくない気配なんかありませんね。ずっと見ていましたがご高齢の旦那さんにしっかりと付き従い、場をわきまえた姿勢を崩しません。

藤三さん、少しばかり首を傾げます。

「こちらの蔵のことは、私はさるところから話を伺っていました。弥生がいますので名を出すのは控えますが、控えることで察していただけると思いますが」

勘一が右眼を細めて左の眉を上げましたね。唇が少し歪みます。

「まぁあなたはやんごとなき方々の書をしたためるような方ですからな。何となく想像はできますな。残念ながらその方面のものをお見せすることはできませんがね」

「わかっています。少し残念ではありますが。ここの蔵が造られた経緯も僅かながら聞きました。だからこそ、ここを守る堀田勘一さんと愚息が知り合いで、今回デジタルアーカイブ化とやらを承諾いただいたと聞き驚きました。堀田さん」

「ほい」

「私は、直也から私の書を全てデジタルデータで保存し後世に残そうと言われ、無用と答えました。何となれば、所詮はデータ。そこには〈匂い〉がないからです。どんなに細密なデータになろうとも、紙と墨と空間と間が一体となった書の匂いを残すことはできません。私の作品は朽ちるなら朽ちるままに、残るなら残るままに。それが私の考えだったからです。この弥生と」

弥生さんを見ました。

「年がいもなく再婚したのも、私亡き後の私の作品の扱いをこの弥生がしっかりと受け継いでくれると確信できたからです。世間では何かと噂する者もいるようですが、弥生はいわば私の名の守り人です。死んでしまった後に私の作品をよからぬ連中から守るための」

成程、と、勘一は頷きます。

「お尋ねします。この蔵に収められている古書古典籍もまた〈匂い〉が薫り立つものばかりでしょう。世にデータとして提示して公共の役に立つものであれば確かに意義はありますが、出せないものも多いはず。むしろ、秘と伏せたまま時の流れに存在が朽ちるのを待つためにあるようなもののはず。それをデジタルに収めたところで、失礼な物言いですが所詮無駄な作業と私には思えます。何故、直也の提案を承諾されたのですか？」

「いや、藤三さん。そりゃあ簡単な理由ですな」

「何です」

勘一、ニカッと笑いました。

「古いもんはね、残ってこそ〈古いもん〉だからですよ」

「残ってこそ、古いもの？」

「そう。もし失くなっちまったらね。そりゃあ〈古いもん〉じゃなく、〈消えたもん〉になっちまう。俺ぁね藤三さん。親父からこの蔵を受け継いだのは秘密を守ったり古いもんを隠すためじゃねぇんですよ。ただひたすら未来に古いもんを残すためにですよ」

藤三さん、眼を細めました。

「俺ぁもうあと何年生きられるかってぇ年ですからな。そろそろお役御免ですわ。その後は、残念ながらうちの愚息は文字通りの愚息なんでね、孫たちがこの蔵を守ってくれる。曾孫もひょっとしたらやってくれる。しかし、紙は、どこまで行っても紙。いつかはあんたの言う通り朽ちる。そんなときにそれがデータになっていれば〈古いもん〉は守られる。藤三さん、あんたテレビゲームってもんをやりますかい」

「いえ、知識としてはありますがまったくの門外漢でして」

「俺もさ。孫や曾孫がやってるのを見てたってどこがどうおもしろいのかさっぱりわかんねぇ。そんなのやるより本を読んでろ外で遊んでろって言いたいんですがね。ところがどっこい、孫や曾孫はそのテレビゲームをやってて〈泣ける〉って言うんですな」

「泣ける」

「そのゲームん中で高いところから飛び降りりゃあ肝っ玉が縮み上がる。大事なもんを失ったら悲しい。大切なもんを守り切れなかったら、泣けるんだそうですぜ。こりゃあよぉ藤三さん。孫や曾孫はね、俺たち年寄りには絶対にわかんねぇ、決して嗅ぐことのできねぇそれこそ〈匂い〉てぇやつをね、テレビゲームとやらから感じているからじゃあないですかね」

藤三さんの眼が少し大きくなりました。

「時代が変わりゃあ人間も変わる。俺と曾孫を比べりゃまったく違う感覚ってもんが育っているのかもしれねぇ。ってことは、曾孫たちはデータになった〈古いもん〉からも〈匂い〉を感じ取ってくれるかもしれねぇ。誰かが感じてくれりゃあ、それは〈古いもん〉として残っていく。そう思ってね。俺ぁ藤島の、直也くんの提案を受け入れたんですよ」

「成程」

成程、と、二度繰り返して藤三さん、コーヒーを口にしました。

「それは、堀田さんがこの家で、息子さんやお嫁さん、お孫さん、曾孫さんという多くの家族に囲まれて暮らしてきた日々を経た故の達見なのでしょうな。納得しました」

「藤三さん」

「はい」

「あんたの息子の直也くんのやっている仕事には〈匂い〉がないと言ってたそうですな。つい先日聞きましたが」

「その通りです」

「そりゃあ、あんだけ世間様に認められている息子の功績を無にするような発言かとも俺は思いましたがね」

　いいえ、と、藤三さん首を横に振りました。

「そのようなつもりはありません。多くの方に認められて成功しているのはあれの実力なのでしょう。見事なものだと、大したものだと思っています。しかし、所詮は違う世界。多くの社員を抱える社長であるあいつの見据えるものは金儲けです。私は自分の作品に金銭的な価値など付与しません。上と下で交差する道路を歩いているようなものです。どこまで行っても交わることは一切ありません。私がそうしてきたように、私や家族のことなどを思い煩うことなく、己の信じる道を行け、と言ったつもりです」

「その道に立てば、どこに行くのも、どこまで行っても一人。一人で生きて一人で死んでいくってぇやつですかい」

「そうです。その様に育てたつもりなのです」

　勘一、ゆっくり頷きます。

「そいつもまた、あなたのような芸術家、求道者故の達見なんでしょうな」

「口幅(くちはば)ったいようですが、そうかもしれません」

生き方の違い、考え方の違いと一言で済ませてしまえば簡単なのでしょうが、それだけでは済ませられないのでしょうね。

＊

その夜に、勘一は〈はる〉さんで藤島さんと我南人と三人で飲んでいましたよ。

「まぁ」

勘一が藤島さんのお猪口にお酌しながら言います。

「その道で大家と呼ばれるようなお人だ。お前の親父さんも大した人だな」

「そう思います」

藤島さん、お猪口に口をつけ、一口飲みます。少しだけ微笑みました。

「父親ではなく芸術家として生きている、と、言ってしまえば簡単なんですが。まぁご存じの通り我が家もいろいろ、滅多にできない経験もしてきましたから」

お姉さんが亡くなったというのもそうでしょうね。

「親父さんへの憧れが古本への愛着に変わった。親父さんの厳しさから家庭の愛情を求めた、てぇのも言葉にしちまうと陳腐だな」

勘一が苦笑いすると、藤島さんも頷きます。

「そうですね。そう言うと僕がコンプレックスの塊のようで嫌だし、厳しい人でしたが愛情がないと思ったことはありません」

「親父が持っててさぁ、自分には持てないものをぉ、愛おしむんだよねぇ藤島ちゃんぅ」

我南人です。藤島さんが少しだけ眼を大きくして微笑みました。

「我南人さんもそうでしたか？」

「もちろんだねぇえ、僕はぁ、一生親父には敵わないねぇえ。だからこんな風になってるんだぁあ」

我南人が笑います。勘一が、かっ、と小さく声を上げましたね。

「こきゃあがれ。こんなところで親孝行のふりして親父を持ち上げたってあくびしかでねぇぞ」

「あら」

話を聞いていた真奈美さんが言います。

「あくびしたフリで息子の愛に瞳を潤ましてんじゃないですか勘一さん」

「なんだよ真奈美ちゃんそのツッコミは。母になって急に強くなったってか」

勘一が大笑いして、コウさんも池沢さんも一緒になって笑います。

お猪口を飲み干し、藤島さんが少し息を吐きました。

「ただまぁ、自分が家庭を持つイメージがどうしても持てないというのは、確かに育った環境からかもしれませんね。ぶっちゃけ堀田家にお邪魔させてもらっているだけで僕はもうこれでいいんだと満足してますから」

「我が家はぁ、ずっとそこにあるって思えるからだねぇ？　失う怖さがないからだねぇ」

「たぶん、そうなのでしょうね」

自分で納得するように頷きました。

「臆病なんでしょうね。失うかもしれないものは手に入れたくない。そこに既にあるものをただ愛おしく思っていたいんでしょう。勝手にそんなこと考えて申し訳ないですけど」

少し淋しい考え方でしょうかね。

でも、そんな風に思えてしまうのも少しわかるような気がするのは、わたしもその昔、そんな経験をしたからかもしれません。家を失ったとき、堀田家はまさに温かい灯のようにそこにありましたから。

勘一が、ぽんぽんと藤島さんの背中を叩きました。

「まぁみなまで言うなだ。じゃあよ。これからもおめぇは我が家にやってきて、女っ気がねぇネタで俺を死ぬまで楽しませてくれるってこったな」

「そういうことですね」

コウさんがお碗をそっと皆の前に置きました。

「蕪（かぶ）を雪に見立てた霙碗（みぞれわん）です。蒸鮑（むしあわび）も少ないですが入れました。ほんの少し七味を入れて温まってください」

「こりゃ旨そうだ」

　本当に美味しそうですね。こういうときにはこの身が残念でなりません。

「で？　我南人よ。クリスマスの件は、仁科由子ちゃん受けてくれたんだろ」

「問題ないねぇえ。涙流して喜んでいたよぉ。愛奈穂ちゃんとはぁ、何度も会って話している仲良しさんだってさぁあ」

「そうかよ。そりゃ良かった」

　木島さんの件ですね。

「もちろん、その、奥さんではないですね。愛奈穂ちゃんのお母さんも納得済みなんですね？」

　藤島さんが訊くと、我南人は頷きます。

「納得も何もぉ、気を遣う必要はまったくないし、何よりも木島さんが幸せになるんだったら喜んで応援するって言ってたよぉ。実際、愛奈穂ちゃんのお母さんにもいい人がいるしねぇ。事実婚ってやつだねぇ」

「じゃあもうこれでオッケーじゃないですか。次は僕の出番ですね。仕込む甲斐があるってものです」

藤島さんが嬉しそうに言って、勘一も頷きます。愛情の表現にはいろいろな形がありますよね。正式に夫婦になっていようがいまいが、生き方を選ぶのは本人たちの意志ですから。

「そういえば勘一さん」

真奈美さんが言います。

「百合枝さんが来年早々に〈藤島ハウス〉に引っ越すって聞いた？」

あら、そうなのですか？　勘一、碗を飲みながら驚いたように首を振りました。

「なんだよ聞いてねぇよ。そうなのか？」

勘一は藤島さんを見て、藤島さんは我南人を見ましたね。

「言ってなかったんですか？」

「忘れてたねぇえ」

「忘れてたじゃねぇよまったく。まぁそりゃあ良かった」

勘一が池沢さんに向かって笑って言います。

「あれだよ。引っ越しの手伝いは言ってくださいよ。男手はいくらでもあるんだから」

「ありがとうございます」

池沢さん、嬉しそうに微笑んで小さく頭を下げました。

「なんだったらよ。池沢さんも家で一緒に飯を食うようにしたらいいじゃねぇか。藤島が来るよりずっと華やかでいいやな」

そう言うと、池沢さんは少し考えて、首を横に振りました。

「いいえ勘一さん。それは申し訳ありませんが、駄目です」

「駄目？」

勘一が少し驚いたように言うと、池沢さん、こっくりと頷きます。

「あの家は、秋実さんの家です」

池沢さん、眦を決して、そう言いました。

その表情が、佇まいが、思わず身震いする程にきれいです。勘一もコウさんも真奈美さんも藤島さんも、そして当の我南人もその美しさについ見蕩れてしまったでしょうね。

わたしもそうですよ。

「皆さんに、そして青さんに許されたとしても、鈴花ちゃんにおばあちゃんと呼ばれたとしても、あの家は私が日々を過ごしては、気軽に敷居を跨いではいけないところです。

もちろん」

ふっ、と微笑みます。途端に周りの空気が和らぎます。大女優と呼ばれる所以はこういうところですよね。

本物の女優というのは、その場の空気を支配してしまえる女優のことを言うのですよ。

「クリスマスのようにお呼ばれしたときには今まで通り、遠慮なくお邪魔させてもらって鈴花ちゃんやかんなちゃんと思う存分遊ばせてもらいます。そして、皆さんが私の部屋に来てくださるのは大歓迎です」

小さく頭を下げました。眼の動き、肩の落とし方、手指の配り方。わずかな動きがまるで一幅の絵のように映え、流れるように美しいです。

芯から女優なのですねこの方は。

皆も頷いています。真奈美さんが小さく息を吐いたのは感嘆の溜息でしょうね。

「おい」

勘一が我南人を突きました。

「なぁにぃ」

こんなに美しい場面でもこの男はのんびりしているのですよね。わたしがもし生きていたら頭を張り飛ばすところですよ。

「何か言うことねぇのかよ。おめぇが締めなきゃならねぇところだろうよ」

勘一が渋面を作ります。

「あぁあ」

我南人がお猪口を持ったまま、皆をゆっくりと見回しました。それから、ニッコリ笑いました。ひょっとしてまたあれですか。

「LOVEだねぇ」

そう言って、池沢さんを見てくいっとお猪口を空けます。池沢さんもニコッと笑いました。あぁでもその笑顔は、さっきまでの女優の笑顔とは違うような気もします。

まぁそれでいいのでしょうかね。

きっとこの二人の間では、それだけでいいんでしょう。

「私が口出しするのは何ですが」

コウさんです。

「勘一さんが、池沢さんに毎日晩ご飯を食べに来いと呼べばいいんじゃないでしょうか」

「おぉ、そいつはいいな。それもちゃんとしたお呼ばれだもんな」

「あら、そしたらうちが忙しくなって困っちゃう」

真奈美さんが言って、皆が大笑いしましたよ。


十二月二十五日になりました。

クリスマスパーティはイブの二十四日にやったりすることも多いのでしょうが、我が家では二十五日にやることもありますね。キリスト教でもないのに大騒ぎする日本の風潮に顔を顰める向きもあるようですが、わたしは好きですよ。クリスマスだから少し早めに仕事を終えて、家族で過ごしたり、恋人と過ごしたり、誰かにプレゼントを贈ったり、この日は誰でも、誰に対してでも、普段より少し優しくなれますよね。笑顔が溢れますよね。それはとても良いことだと思うのですよ。

この日はカフェも古本屋も少し早めに店仕舞いしてパーティの支度をします。マードックさんが台所に立ってイギリス仕込みのクリスマス料理を作るのはもう恒例になりました。藍子も亜美さんもすずみさんもかずみちゃんも、美味しい料理を一緒になって作りますよ。

居間では、花陽と研人がかんなちゃん鈴花ちゃんと一緒に作ったクリスマスツリーがきらきらと輝いています。その他にもクリスマスオーナメントが部屋中に溢れていますね。アキとサチもサンタの赤い帽子を被り赤いベストも着せられてますがこの二匹は嫌な顔ひとつしないで平気ですよね。猫のベンジャミンに玉三郎にポコにノラも毎年何かを付けられそうになるのですが、ベンジャミンとノラは嫌がって逃げてしまいます。かろうじて玉三郎とポコが赤いベストを着ていますよ。

脇坂さんご夫妻はもう昼からいらして、ずっとかんなちゃん鈴花ちゃんと遊んでいます。六時を回った頃に、裏の裕太さんたちもやってきましたね。小夜ちゃんも楽しそうです。

池沢さんはお店が忙しいコウさん真奈美さんに代わって真幸ちゃんを連れてきました。美味しそうな料理も一品届けてくれましたよ。藤島さんに三鷹さん永坂さん、修平さんと佳奈さん、茅野さんに、〈藤島ハウス〉の管理人高木さん。

さすがにこれだけ揃うと居間も手狭になりますので、仏間も開け放ちます。パーティが始まってひとしきり進めば、それぞれにカフェに移動してお喋りする人たちもいるでしょう。

「木島さん」

台所からぴょんと跳ぶように現れた花陽が、先程やってきて勘一と話していた木島さんに声を掛けました。

「おっ花陽ちゃん、メリークリスマス。可愛い服だね」

「そんなお世辞はいいから」

我が家の女性陣は皆お世辞には冷たいですね。

「私からプレゼントがあるんだけど」

「プレゼント？　俺に？」

花陽がにっこり笑って頷きます。

「受け取ってくれる？」

「いやそりゃもう花陽ちゃんがくれるってんなら何でも喜んで」

うふふ、と花陽が笑って縁側に走り去りました。木島さんがにやつきながらも首を捻ります。足音が戻ってきて、花陽と手を繋いで現れたのは、愛奈穂ちゃんでした。

「え？　愛奈穂？」

木島さんの眼が丸くなります。思わず腰を浮かせました。

「お前、何でここに!?」

愛奈穂ちゃん、にこにこしながら花陽と二人で繋いだ手を振っています。

「お父さん、メリークリスマス。初めてだね。クリスマスに一緒にいるの」

「あ、そうかもしれねぇけど、いや、え?」

「木島さん、愛奈穂ちゃんね。私と同じ塾に通ってるんだよ」

愛奈穂ちゃんの肩に手を掛けて花陽が言うと、木島さんの眼がさらに大きくなりました。

「あ、じゃあ仲の良い友達ができたってメールで言ってたのは」

愛奈穂ちゃん、こくんと頷きました。

「花陽ちゃんのこと。そしてね、もう大分前に皆に言っちゃってたんだ。私は木島の娘ですって」

「木島よぉ」

勘一です。

「可愛い娘さんだなぁおい」

「あ、いやこりゃどうも」

木島さんがどうしていいかわからない様子で、照れていますね。

「しかもよぉ、一緒に暮らしてはいないけどよ、愛奈穂ちゃん、お父さんの幸せをずっと考えてくれてるんだよ。いい娘さんだよまったく」

「どうも、え？　俺の幸せ？」

木島さんが愛奈穂ちゃんを見ます。愛奈穂ちゃん、こくりと頷きました。

「私が大人になるまで見届ける責任があるとか、気持ちを考えなきゃならないとか、そんなのいいんだよ。お父さんはお父さんで幸せになってもらった方が嬉しいんだ」

「何言ってるんだお前」

木島さんが首を傾げます。花陽が合図すると、その後ろから現れた仁科由子さんを見て今度は後退(あとずさ)りしましたよ。

「由子」

ハッと気づいたように木島さん、辺りを見回しました。勘一がニヤニヤしながら首の辺りを掻きます。我南人は首をすくめてから隣にいた藤島さんの肩を抱き何故か抱きしめました。藤島さんもおどけて我南人の腰に手を回しましたよ。他の皆も、わくわくした感じで笑みを見せながら木島さんを見ています。

木島さん、ぐるりと皆を見回した後に、はぁぁ、と大きく息を吐きました。

「やられた」

首を二度三度横に振って、唇をへの字にして笑います。

「堀田家が仕掛けるってことは知っていたはずなのに、見事にしてやられた」

勘一が大笑いします。

「愛奈穂ちゃんがよ、相談してきたんだよ。お父さんは好きあってる人がいるのに、自分が大人になるまで見守る責任があるから結婚しないとか言ってるってな」

そのようでしたね。愛奈穂ちゃんあの日に皆に相談したのですよ。なんとかしてくれないかと。

「我南人によ、確かめさせたら仁科さんもそう言われてずっと待ってるっていうじゃねぇか。それがわかったらよ。こりゃあもうやるしかねぇじゃねぇか」

「そういうことで木島さん」

藤島さんです。

「我が社では堀田家の蔵にある貴重な古典籍や書類のデジタルアーカイブ作成業務を、仁科さんと専任契約しました。ついでといっては何ですが、サチさんの日記を繙き、小舟さんの書き込みの謎も調べてもらいます」

「由子に？」

木島さんが仁科さんを見ると、仁科さん、恥ずかしそうに、でも少し眼が潤んでいますかね。頷きました。

「フリーであるあなたにも、この仁科由子さんと一緒に堀田家のあの蔵にあるもののデジタル化の作業を、我が社と契約し本業と並行して進めていただきたいのですがいかがでしょうか。おそらくは、かなりの期間に亘るでしょう。その間、あなたにデータが決して外に漏れないように見張ってもらわなければなりません。仁科さんに二十四時間張り付いてでもね」

木島さん、我南人や藤島さんや勘一の顔を見て、なんだか唇を歪めたり眼をぱちぱちさせたり忙しいですね。ひょっとして泣くのを堪えてますか。

「堀田さん」

「おう」

「由子と一生、堀田家の秘密を守りますぜ」

勘一、大きく頷きました。

「心配してねぇぜ」

よろしくお願いしますね。わたしの日記の内容もできれば家族以外には誰にも言わないでくださいね。

木島さん、続けて藤島さんに言います。

「藤島社長」

「何でしょう」

「ギャラの振り込みは翌月払いで頼みますぜ」

藤島さん、笑って了解ですと頷きました。

＊

あれだけ賑やかだった居間もすっかり片づけられました。クリスマスツリーはまだ残っていますけれど、あれは明日の朝、かんなちゃん鈴花ちゃんが、花陽と研人と一緒に片づけますよ。皆もそれぞれの部屋で夜を過ごしている頃ですね。

紺がやってきましたね。仏壇の前に座り、おりんを鳴らして手を合わせてくれます。

「ばあちゃん、いる？」

「はい、いますよ。まぁ今年は本当に賑やかなクリスマスだったね」

「いつもの年よりやたら人数がいたよね。うちはまだカフェとかあるからいいけどさ」

「愛奈穂ちゃんも木島さんも喜んでいたし、仁科さんは嬉しそうだったし、これで良かったのじゃないですか」

「もう絵に描いたような大団円だよ。クリスマスには持って来いだったね」

「そうですよ。そう言えば紺、あなたは我南人の後を歩こうなんて考えたことあるかい？」

「親父の？　いや、ないなぁ」

「音楽にはそんなに興味が続かなかったからかね」

「いや、実際のところ、親父のやることを見ているだけで楽しかったからね。それで満足だったんじゃないかな？」

「そうかい」

「何、急にそんな話。あれ？　終わりかな？」

紺が首をちょっと傾げて苦笑いして、おりんを鳴らします。お疲れさまでした。藤島さんについてはまた今度話しましょう。

人生いろいろありますよね。そして人の気持ちというのは決してひとつの色に染まって終わるものではありません。

優しさも厳しさも、それぞれが分かちがたく混じり合っていて当たり前。互いにそれを感じあい、人は人、自分は自分と認めあう。親子だろうと家族だろうと、他人だろうとそれは同じですよね。

人の生き方を認めるところから、自分の生き方というものを人間は見つけるのではないでしょうかね。

自分のためだけに生きるも、誰かのためを考えて生きるも、その人の人生ですから。

春 歌って咲かせる実もあるさ

一

我が家の庭に春を告げてくれる桜の木。

初代である堀田達吉が〈東京バンドワゴン〉を開くのをこの場所に決めたのも、この桜があったからだと聞いています。それから考えるとかなりの老木であることは間違いなく、毎年大丈夫かな今年は咲くかなと心配になり、蕾が色づくのを見つけると皆が喜んでいますよね。

今年も無事にしっかりとたくさん花をつけてくれて、その花びらが醸し出す薄紅色の空気を向こう三軒両隣にまで届けてくれました。

白梅、沈丁花、雪柳に桜。順番通りに季節の色を届けてくれる庭の木々たちは、思えばわたしが嫁いできた頃からずっとこの小さな庭で律義に咲いてくれます。小さな手を叩いて可愛らしい声で花が咲いたと喜んでいるかんなちゃん鈴花ちゃんも、きっと大きくなってこの家を離れても、季節の度(たび)に思い出してくれるのではないでしょうか。

何もかも芽吹いて新たな気持ちで日々が始まる春。

花陽は高校二年生になり、ますます大人びてきました。近頃は本当に藍子にそっくりになり、制服姿はそのままあの頃の藍子を見ているようです。受験は再来年ですが、医者になるのは今の実力からすると難関であることがわかっているので、ますます勉強に励んでいるようですよ。

そして研人はいよいよ中学三年生の受験生。ところがこちらは相変わらずの音楽三昧。成績が極端に悪くはないのですがさほど良くもなく、高校はどこへ行くのかと亜美さんが心配していますね。本人もたぶんいろいろと考えていると思うのですが、どうも研人は我南人の血を色濃く受けたような気もしますのでわたしも心配です。

そうして、かんなちゃん鈴花ちゃんは幼稚園です。スモックを着て黄色い帽子を被った姿の可愛らしいこと。幸いなことにさして問題もなく入園が決まり、裏の小夜ちゃんそして〈昭爾屋〉さんこと道下(みちした)さんの孫のひなちゃんも一緒に通えることになりました。初登園の日には脇坂さん夫妻も朝からやってきましたよね。幼稚園に通うようになれば、お母さん方は少しばかり午前中の時間が取れますね。そうは言っても、お昼過ぎで終わりますから行ったと思ったらすぐに帰ってくるのですが。

そうそう、マードックさんはこの春から一年間、大学の専任講師になりましたので、毎日朝から出勤することになりました。かんなちゃん鈴花ちゃんの手が大分掛からなくなってきたのでちょうど良いですよね。頑張ってください。

陽差しも強く、空気も暖かくなり、冬の間は炬燵の中やストーブの前にばかりいた我が家の猫たち、ノラにポコにベンジャミンに玉三郎も、人の出入りが落ち着く午後には縁側の日溜まりに集まるようになりますね。

そんな春も四月の末。

堀田家の朝は相も変わらず賑やかです。かんなちゃん鈴花ちゃんが皆を起こしに走り回り、その度に通り道にいた猫たちを構いますから、猫もあっちこっちと走り回ります。

黒い板張りの台所ではかずみちゃん、藍子に亜美さん、すずみさんが朝食を手際よく作り、皆を起こし回ったかんなちゃん鈴花ちゃんが今日も欅の一枚板の座卓の、皆の座る位置を決めます。

「ここはけんとにいちゃん」

「ここに、かよちゃんはすわりましょー」

「マードックさんは、ここ！」

「こんちゃんは、きょうはここですねー」

「かずみちゃんは、ここにすわってください」

「あいこちゃんはここ」

「ふじしまんはここね」

「あみちゃん、ここよー」

「すずみちゃんはきょうはこっち！」

「あおちゃんはきょうはすずみちゃんのとなりです」

どうやら決まったようですね。上座にはいつものように勘一がどっかと座り、その正面には我南人。台所から今日の朝ご飯が皆の手でどんどん運ばれてきます。

白いご飯に目玉焼きに胡麻（ごま）豆腐、昨夜の残り物のメンチカツとコロッケは食べたい人だけですね。キャベツのコールスローには春の野菜のさやえんどうも入っています。いただきもののタケノコはわかめと一緒にして和風スープですか。ちらした胡麻の風味が利いていますね。おこうこと焼海苔も並べられ、皆が揃ったところで「いただきます」です。

「あ？　なんだ藤島おめぇいつの間に来たんだよ」

「ねぇかんなのとうふはもっとちっちゃくしてほしい」

「すずかのはおっきくてもいいよ」

「母さんオレ昨日プリント出したよね？　見た？」

「えっ、さっきですよ。昨夜部屋に泊まったらかんなちゃん鈴花ちゃんに呼ばれたので」

「あれぇぇ、かんなちゃんそんなところにホクロあったっけぇぇ？」

「マードックさんそうやって着物着ると外国人！　って感じがするよねぇ。いいなぁ」

「あぁ、見たわ。後で渡すわね」

「そういやさ、拓郎さんこないだｔｏｔｏで十万近く当たったたってさ」

「藍子ちゃんもそろそろ和服でもいいんじゃないかい。私のを着てみないかい」

「おふろははいるよ。よるになったら」

「そうだったか。俺も惚けたか。おい、シナモンパウダーあったろ。持ってきてくれよ」

「えー、和装？　そんな風に見られる年かなぁ」

「そうですか？　じぶんではわからないですけど」

「じゃあ、かんなは鈴花ちゃんに半分あげなさい。でも半分はちゃんと食べなきゃ駄目よ」

「旦那さんシナモンパウダーですけど何にかけるつもりですか！」

「僕もぉ、和服着ようかなぁ。いいよねぇロックでさぁ」

「十万もかい。豪勢だねぇ。たかりに行こうかしらね」

「おふろじゃなくてホクロこかんなちゃん。ここにある黒いの。これがホクロ」

「いいじゃねぇかよこうしてよ、胡麻豆腐に掛けるんだよこれがまた乙な味なんだ」

皆が、あー、という顔をして眺めています。この人は一度痛い目に遭わないとわからないのでしょうね。まぁ胡麻もシナモンパウダーもお菓子に使いますから合わせ方によっては合わないこともないかと思いますが。

それにしてもかんなちゃん鈴花ちゃんは相変わらず食が進んでいていいですね。たくさん食べて大きくなってくださいね。

「そういえば、けんとくん」

「なに、マードックさん」

「きのうのゆうがた、ぼく、となりまちで、Maryちゃんにばったりあったんです」

「へー、芽莉依(めりい)に」

芽莉依ちゃん。研人のガールフレンドですよね。私立に行ったので中学校は離れ離れになってしまいましたが、今でも日曜日などには我が家に来てくれますよ。マードックさんが芽莉依ちゃんと言うと、どうしても英語の名前のメリーちゃんに聞こえますね。もっとも研人の方は音楽に夢中で、あまり相手をしてあげてないような気もするのですが。

「そうしたらですね、Maryちゃん、こんどえいかいわをおしえてほしいって、いってました」

「あら、芽莉依ちゃんが」

亜美さんです。研人のガールフレンドのことですからね。
「英会話なら、母さんだって教えられるじゃん。大じいちゃんも」
「私はもう駄目よ。現役離れてうん年よ。相当錆びついているわ」
勘一もそうですよ。英語を使うようなこともなくなって、もう何十年も経っています
から。さしものキングズ・イングリッシュも江戸訛りになっているでしょう。
「でも、オレも英語はなー。学校の英語はどうでもいいけど、喋れて聴き取れるように
ならないとな」
「学校の英語も大事なの」
亜美さん、怒ります。マードックさんが笑います。
「とにかく、にちょうびとかに、Maryちゃんがきたときなら、いいよっていっておき
ましたから。けんとくんも、いっしょにやればいいんじゃないでしょうか」
「わかった。そうする」
研人が英会話をしたいっていうのはあれでしょうね。向こうのロックやそういうもの
の歌詞をちゃんと聴き取ったり、歌いたいってことなんでしょう。我南人もこれで一応
日常英会話程度には不自由はないはずですから。
でもあれですね、芽莉依ちゃんの方は何でしょうね。これから英会話が必要になって
くるのでしょうか。

「研人、あんた今年は受験生なんだからね。真剣に勉強しなさいよ？」

「わかってるよ」

花陽が研人に言って、研人はちょっと唇を尖らせます。もちろん勉強だけが全てではありませんけれども、やっぱり必要なものですからね。頑張ってください。

「あいてっ！」

勘一が突然変な声を上げました。どうしました。

「大じいちゃんどうしたの！」

隣に座っていた研人がびっくりします。

「いや、腹が急に、痛たたたっ」

「そんな変なもの食べるからじゃないかじいちゃん！」

青が立ち上がって背中を撫でます。かずみちゃんが近寄ってきましたね。そうです。こういうときにはお医者様です。

「勘一、騒ぐんじゃないよいい年して」

「馬鹿野郎、いい年してたって痛ぇもんは痛ぇんだよ」

「どこだい痛むのは、ここら辺りかい？」

かずみちゃん、勘一のお腹の辺りに手を当てます。

「そっと横になってごらんな。まだ痛むかい？」

「横になろうが縦になろうが痛ぇんだよ」

「大じいちゃん大丈夫？」

「かんちーじいちゃん、いたいの？　おなか？　といれいく？」

花陽もかんなちゃん鈴花ちゃんも勘一の周りに集まります。

「あぁ、みんな大丈夫だ。心配しなくてもいい、いててて」

勘一、脂汗を浮かべながら笑いますが、かなり無理してますね。かずみちゃんが真剣な顔をしています。

「藍子ちゃん、救急車呼んどくれ」

「はい！」

「かずみちゃん、救急車って」

紺が訊きます。かずみちゃん、こくんと頷きました。

「こりゃあね痛む位置からすると、盲腸かもしれないね」

「もうちょう!?」

まぁ。皆がびっくりしました。そういえば、これだけ人数がいる堀田家ですが、盲腸が痛んだ人は初めてですね。

「どうする勘一？　ここで私が手術してやろうか？」

かずみちゃん、にやっと笑って勘一に言います。

「馬鹿野郎、救急車呼んだんなら、そっちに任せろってんだいたたた」

「そうやって空元気が出るなら大丈夫だよ。皆も落ち着きなさい。盲腸痛んだってすぐには死なないから」


朝方ですからね。勘一が古本屋もカフェも絶対に休むなと言うもので、病院にはかずみちゃんが付き添ってくれました。

もちろんわたしも救急車にちょっとお邪魔してここまで来ましたよ。この病院は、藍子も亜美さんもすずみさんもお産した病院ですよね。産婦人科の他に外科も内科もある大きな病院です。

あぁ、藍子がやってきましたね。開店やら学校やら幼稚園やら朝方のバタバタするものが終わったのでしょう。間違いなく入院になるからとかずみちゃんが指示して、寝巻きやら何やらを持ってきたのですね。

「かずみちゃん」

「あぁ大丈夫だよ。今、手術中だから」

「やっぱり盲腸だったの？」

かずみちゃんが頷きます。そうなのですよ。年齢を考えて先生が薬で散らしますかと言ったのですが、大の薬嫌いで病院嫌いの勘一です。スパッと切ってさっと退院させてくれと頼んだのですよね。

「あいつは八十すぎてるくせに体力も気力も人並み以上あるし、平気よ。もうそろそろ終わる頃よ」

お医者様であるかずみちゃんが言うならそうなのでしょう。それにしても、本当に驚きました。あの人はこの年になるまで病気なんかほとんどしませんでしたからね。まぁ怪我だけは随分としてきたんですけれど。

まだもうちょっと掛かりますかね。手術室を覗くこともできますけれど、それは失礼でしょうし、手術の様子はあまり見たいものでもないですね。

一度家に戻ってみましょうか。


カフェは相変わらず常連のお客様で賑わっています。

あぁ今日もご近所の薫子ちゃんが来ていますね。薫子ちゃん、かんなちゃん鈴花ちゃんが幼稚園に行くようになったので、長いこと遊べなくなって随分淋しがっていました。薫子ちゃんのところはお孫さんはまだですからね。

藍子がいないのですずみさんが代わりにカウンターに入り、青がお客様の間を回っています。添乗員として仕事をしてきた青は、やはり直接お客さんと触れ合う仕事は巧いですよね。

花陽と研人は学校へ、かんなちゃん鈴花ちゃんは幼稚園ですね。マードックさんは大学へ行きましたか。きっと勘一は大丈夫とメールで連絡が回っているのでしょう。どうぞ心配することなくお仕事に励んでください。藤島さんは蔵の中で仁科さんとデジタルアーカイブの打ち合わせですね。いつもご苦労様です。

となると、古本屋の帳場には紺が座っているかと思いきや、何故か我南人が座っています。しかもギターを抱えて爪弾きながら。何をしているんでしょうかこの子は。祐円さんも先程いらしたようですね。

「まぁしかしあれだよ我南人よ」

「なぁにぃ祐円さん」

「お前ほど古本屋が似合わない堀田の人間もいないね」

祐円さん、コーヒーをごくりと飲んで笑います。確かにまぁ似合わないですねぇ。とはいえこの子も古本屋の息子。小さい頃から読書好きではありましたから、それなりに知識もありますけどね。

「そうかなぁあ、結構僕ぅ、ここからの眺めは好きなんだけどねぇ」

「なんだよ。そろそろロックを廃業して遅まきながら古本屋の四代目になるか？」

我南人が笑います。

「僕はぁあ、死ぬまでロックだねぇ。でもぉ、ここだってすっごくロックなんだよぉ」

本当に何を言ってるのかよくわかりません。

「親父、いいよ。俺が座るから」

紺がやってきましたね。どうやらしばらく帳場に座ることになるので何かあちこちにメールなど、用事を片づけていましたか。

「そぉお？　じゃあバトンタッチねぇえ」

我南人がギターを抱えたままカフェのカウンターに移動していきます。扉が開いて、あらお久しぶり。新ちゃんが入ってきましたね。

「よぉお、新ちゃん。久しぶりだねぇえ」

「おぉがなっちゃん。いたのかい」

我南人の幼馴染みで、建設会社の社長さんの新ちゃん。篠原新一郎さんですね。

その昔は柔道でオリンピック候補にもなったほどの実力の持ち主のスポーツマンです。六十を越えた今でも大柄でがっしりとしたその身体は本当に逞しく見えますよ。我南人を〈がなっちゃん〉と呼ぶのは、新ちゃんと、同じく幼馴染みの〈昭爾屋〉の道下さんぐらいですね。

「いらっしゃい新さん」

「おう、青。相変わらずいい男だな」

「新さんには負けるよ。今日はなんかあった？　それともコーヒー？」

青もそうですが、藍子も紺も、うちの孫たちは皆子供好きの新ちゃんによく遊んでもらいましたよね。それというのも我南人が何にもしなかったからなんですけれど。

新ちゃん、どっかと我南人の横に座りました。

「いやそれが。救急車がきて堀田家に救急隊員が入っていったって聞いたもんだからさ、慌ててやってきたんだけど」

新ちゃん、顔を顰めて見回します。

「おやじさんがいないけど、まさか」

「そのまさかだねぇえ。盲腸になっちゃったぁあ」

「盲腸？　そらまた大変だ。で、大丈夫なんだろうな？」

「大丈夫」

青が答えます。

「さっき病院からも電話あった。手術してしばらく入院だけど、まぁどうってことはないってさ」

「そうかい。いやそりゃまぁ良かったよ」

ご心配お掛けしてごめんなさいね。きっとあちこちから電話が入ったり、お店に駆けつけてくれた人も多かったのでしょうね。この身が元気なら、いえ元気なんですけど、ご挨拶に回れないのが心苦しいですね。

「よぉ、薫子ちゃんも久しぶりだ」

新ちゃんが、ちょうどコーヒー代を支払いにカウンターにやって来ていた薫子ちゃんを見て声を掛けます。薫子ちゃん、にっこり笑います。

「新ちゃんもいつまでも元気ね」

「それだけが取り柄じゃないか。俺から元気を取ったら何が残るんだよ」

確か、我南人の二つ年下が新ちゃん、その一つ年下が薫子ちゃんと道下さんでしたかね。それでもそれこそ生まれたときから近所でずっと遊んでいましたから、この年になると先輩後輩もあまり関係ありませんね。

「どうだい、今度の日曜日でもおやじさんの見舞いに行かないかい」

「あら、いいわね。そのときは誘ってちょうだい」

おう、と新ちゃん頷きます。薫子ちゃんは皆に軽く挨拶して出ていきました。ありがとうございましたね。

「あっ」

ちゃりん、と音がしました。亜美さんがお金を落としてしまったようですね。ちょうど我南人の足元に転がったので拾いました。

「うん？」

我南人が変な声を出しましたね。

「なぁにぃ、亜美ちゃん、このお金ぇ」

「あ、それは、ですねお義父さん」

亜美さんが、ちょっと眉間に皺を寄せました。お金とは何でしょう。亜美さんが持っていたのはさっき薫子ちゃんが支払ったコーヒーの代金ですよね。

あら、本当です。我南人が拾ったお金は、随分古いお金じゃありませんか？　所謂〈古銭〉ですね。

「お義父さん、後でゆっくり」

亜美さんが、小声で言います。周りに人がいるところでは話せない、という表情ですね。新ちゃんと我南人が顔を見合わせましたね。


藍子とかずみちゃんが病院からいったん帰ってきました。

手術も無事終わって、まったく問題ないとのこと。さすがに勘一も静かに眠っているそうですから、後でまた様子を見に行ってきましょうね。

新ちゃんはさっきのお金のことを気にしていたものの、仕事があるから後で説明してくれと我南人に頼んで帰っていきました。我南人が、帰ってきた藍子に、薫子ちゃんに何があったのかと訊いていますよ。

「そうか、お父さんに見つかっちゃったのか」

居間で座卓についた藍子が言います。

「何かぁ、深刻な問題なのかなぁ」

座卓の上に五枚ほど古銭が載っていますね。先程の薫子ちゃんのお金ですね。わたしもまったく知らないことですけど、どうしたのでしょうか。

藍子が少し悲しそうな顔をします。

「もう、三週間ぐらい前からかな。三上の薫子さん、朝のコーヒーの支払いのときにこうやって古いお金を持ってきて払うようになったの」

「あらま。本当かい」

一緒に聞いていたかずみちゃんも驚きます。

「それはぁ？　どうしてぇえ？」

「最初はね、私も亜美ちゃんも冗談かと思ったのよ。珍しいお金ですねー、なんて言ったんだけど、でも、本人はごく普通に真面目に、『これでちょうどよね』って古銭を置いてごく自然に帰って行くの。それで私たちは何も言えなくなっちゃって。まぁご近所さんだから後でいいかなって思って」

うーん？　と我南人が唸ります。

「それでね、後からあそこのお嫁さんの眞子さんに言ったのよ。あ、すずみちゃんから言ってもらったの。眞子さんとはすずみちゃんがいちばん仲が良いから角が立たないようにと思って」

「そうなんです」

ちょうど手が空いたのかすずみさんがやってきました。古銭の話をしているのがわかったんでしょうね。

「古銭を持っていって話をしたら眞子ちゃん、あぁ、ってすっごく悲しそうな顔をするんですよ。どうしたのかと思ったら、お姑（しゅうとめ）さん、薫子さん、最近どうも頻繁に物忘れするようになったんですって」

「ふぅうん。ってことはぁ」

我南人が座卓の上の古銭を手にしました。

「薫子ちゃん、少しボケてきちゃってぇ、これも今のお金だと勘違いして使っているってことかなぁあ？」

「そうとしか思えないのよ」

藍子が言います。

「薫子さん、ほとんど毎日来てくれるけど、毎回古銭で払うのね。その度に私たちはとりあえず受け取って、眞子さんにメールして後でお金を貰うんだけど、何だかこっちもだんだん可哀相で苦しくなってきちゃって、どうしたらいいんだろうねって亜美ちゃんとも話していたんだけど」

　そうだったのですか。それは心配です。かずみちゃん頷きます。

「私はそっちの専門家じゃないけどね。まぁ八割方、認知症の症状ではあるんだろうとは思うね。その三上さんは、息子さんとお嫁さんと薫子ちゃんの三人暮らしだったたっけ？」

「そうなの」

　畳屋の常本さんの裏のお家ですよね。あちらも前代からのお家で小さくて古いですけれどいい造りのお宅ですよ。

「息子さんは、医者とかに相談していないのかい」

　すずみさん、頷きます。

「眞子ちゃんは病院に連れていった方がいいんじゃないかと考えてはいるんだけど、旦那さんの豊さん、薫子さんの息子さんですね。仕事が本当に忙しくて夜は遅いし、なかなかそういう話もできないいんだって眞子ちゃん嘆いているんです」

「そうかぁあ」

　我南人も腕を組みました。さすがにいつもの笑っているような表情は消えて、少し真剣な顔をしていますね。幼馴染みのことですから心配でしょう。

「その話はさぁ、すずみちゃん。他のところでもそうなのかなぁ。何か聞いてるぅ？　薫子ちゃんはぁ、うちだけに来るわけじゃないよねぇ。あちこち買い物にも行くんじゃないかなぁ」

「眞子ちゃんは専業主婦だから、毎日のお買い物とかは自分で行くし、もちろん薫子さんとも一緒に行くけど、そのときには特に古銭を持ってるようなことはないって言ってましたね。ちゃんと普通に支払っているって。他のお店から苦情が来るようなことも今のところはないみたいですよ」

「なるほどぉお」

いくらご近所さんとはいえ、他所様の家の、それもあまり広まってはいけないであろうことですからね。藍子たちも今まで内緒にしていたのでしょう。

「それにしても」

かずみちゃんです。

「こんな古銭がそんなにたくさんあるのが不思議だね。あれかい、薫子ちゃんはこういう古銭を集めるのが趣味とかだったのかい」

「それは、たぶん亡くなった薫子さんの旦那さんの趣味だったんじゃないかって、眞子ちゃん言ってました。直接見たことはないんだけどたくさんあるはずだって、そんなような話を聞いたことあるって言ってました」

「どうかなぁ」

　我南人が皆の顔を見ました。

「こういうことはぁあ、友達の僕なんかがぁ本人に直接確かめない方がいいのかなぁ。僕はよくわからないんだけどぉ」

　藍子もすずみさんもかずみちゃんも、難しい顔をしましたね。

「お嫁さんは、眞子さんはまだ何も直接訊いてないんだろう？　薫子ちゃんに」

「そう言ってました」

　かずみちゃんに、すずみさんが答えます。

「嫁姑の仲が悪いわけではないし、むしろうまくやっている方なんだけどやっぱりそういう話をいきなりしちゃうのはどうしても気が引けるから、旦那さんがしてくれるのを待っているんだけどどって」

　藍子が、うんと頷きました。

「かなりデリケートな問題だから、いくらお父さんが幼馴染みでもやっぱり家族に任せた方がいいと思うんだけど」

　かずみちゃんも頷きました。

「そうだね。これが新ちゃんとかで、男同士ならまだしもねぇ」

　そう思いますよわたしも。

「とりあえず、この勘違いが我が家だけで済んでいるうちは、黙って様子を見ていた方がいいんじゃないかね。話を聞いた限りでは三上さんの家でもそれほど深刻な状況でもないんだろう？　暴れたりとか徘徊（はいかい）したりとかないんだろ？」

「それはないって言ってました。単純な物忘れぐらいだって」

すずみさんが言います。

「とは言ってもね。ああいうものは急に進んだりもするから、早めに医者に行かせた方がいいよ。お嫁さんにそう言っておやりな」

その方がいいとわたしも思いますよ。

我南人が、うん、と頷きます。

「ちょっとぉ、新ちゃんのところに行ってくるねぇ。事情を話してくるよぉ」

そう言って立ち上がります。そうですね。新ちゃんも心配していましたから早めに教えて、噂が広まらない様にした方がいいですよ。

それにしても毎度のことですが、この男は携帯を持っているのに電話で済ませませんよね。

ちょっとわたしもついていきましょうか、この男が何を話すか心配ですからね。

あら、新ちゃんの会社へ行くのかと思えば、〈昭爾屋〉さんに向かいました。

和菓子屋の〈昭爾屋〉さんもここに店を構えてそろそろ三代目ですね。息子さんがもう職人さんとして和菓子を作っていますが、二代目の道下さんもまだまだ現役ですよ。

「よぉ、がなっちゃん」

お店に我南人が入っていくと、ちょうど和菓子を並べに出て来た道下さんが笑顔で手を振ります。

「みっちゃん、忙しいぃ？　ちょっといいかなぁ」

「どしたい。まさか勘一さん」

「いやいやぁあ、親父は大丈夫だよぉお。しばらく入院しちゃうけどぉ、何にも心配いらないねぇ」

そうですね。ご心配お掛けしました。

「ちょっとぉ、話があるんだぁあ。明日さぁ、朝、モーニング食べに、うちに来てくれるかなぁあ」

「あ？　モーニング？　俺がかぃ？」

「そうだねぇ。新ちゃんと一緒に二人でさぁ。詳しいことはそのときに話すからよろしくねぇえ」

「あ、わかった。明日な」

我南人はもう背中を向けて手を振ってさっさと店を出ていきます。本当に失礼ですよね。知らない人だと本当にただ面食らってしまうだけの我南人の行動ですが、そこはもうさすが幼馴染みです。道下さんも納得してすぐにお仕事に戻りました。

何をするのかわかりませんが、三人で薫子ちゃんの様子を観察でもするのでしょうか。

*

勘一が古本屋の帳場に座っていないというのは一年に一、二回あるかないかのことなのですが、まぁとにかく驚きました。今日はお店にやってくるお客様の多いこと多いこと。

皆さん、勘一が入院したとどこかから聞きつけて、事情を訊きに来たり、病院に様子を見に行くのは身体に障ってもいけないからとお見舞いの品を持ってきてくださったり、本当にまぁありがたいことです。

あまりにもたくさんの方が来てくださるので、カフェの方も大忙し。

普段はふらふらしている我南人も用事がないなら家にいてくださいと藍子に言われ、紺と交替で帳場に座っています。

何せこの男はカフェに置いても戦力外ですからね。とりあえず帳場なら座っていれば店番になりますし、何と言っても勘一の古いお馴染みさんをいちばんよく知っているのは我南人ですから。

そこはさすが息子でしょうか。随分とお久しぶりの方がいらっしゃっても顔を覚えていて、相手をしていました。そういえばこの男は記憶力だけは本当に昔から凄かったですよね。どうしてそんなことを覚えているんだろうということまで覚えていて、いろいろ驚かされたものです。

それにしても、あれですね。

やはり勘一が帳場にいない古本屋というのは、どこか落ち着かないものですね。

夕方になって、花陽が高校から帰ってきました。今日もこのまま塾へ行きます。塾ではいつも木島さんの娘さんの愛奈穂ちゃんと待ち合わせて、一緒に懸命に勉強しているそうですよ。晩ご飯が遅くなりますから、いつも軽く何かをお腹に入れてから出掛けます。今日は自分でホットサンドを作っていました。

「あ、紺ちゃん青ちゃん」

「うん」

「なに？」

一人きりの食事は淋しいですからね。いつも花陽が食べるときには誰かが一緒に座卓にいるようにしています。大体は書き物の仕事をしている紺か、青ですね。

「さっきね、駅の近くで芽莉依ちゃんを見かけたの」

「芽莉依ちゃんんか」

「今朝もマードックさんが言ってたね。ばったり会ったたって」

研人のことが大好きな芽莉依ちゃん。そう言えば研人と芽莉依ちゃんも幼馴染みという関係ですよね。

「うん、でね。ここのところ芽莉依ちゃんあんまり家に来てなかったでしょ?」

「そういや、そうかな」

紺が頷きます。そうでしたかね。

「たぶん学校が終わって着替えて、どこか買い物にでも行くところだったと思うんだけど、芽莉依ちゃん随分印象が変わってた」

「印象?」

「服装の」

「と言うと?」

花陽が何やら微妙な表情をしますね。

「すっごくロックンロールな感じだった」

ロックンロールですか。それはあれですか、研人の影響なんですかね。良い影響ならばいいんですけど。

*

夜になりました。かんなちゃん鈴花ちゃんが寝てしまい、皆がお風呂に入って、藍子とマードックさんとかずみちゃんが〈藤島ハウス〉に戻ると我が家は急に静かになりますね。花陽と研人が小さい頃は二人でテレビを観たりゲームをしたりする音も響いていましたが、近頃はあまりありません。

花陽が二階の自分の部屋から出てきましたね。どこへ行くかと思えば廊下を歩いて反対側の研人の部屋まで行きました。

「研人」

「なにー」

「入るよ」

「どうぞー」

花陽がドアを開くと、研人は珍しくギターを抱えてはおらず、机に向かっていました。お勉強していたんでしょうか。

「これ、前に言ってた私の使ってた参考書や問題集。今でも使えるからどうぞ」

「あー、サンキュ」

抱えていたのは受験の参考書でしたか。研人が椅子をくるりと回して受け取ります。

「あんた少し部屋自分で片づけなさいよ。亜美ちゃん忙しいんだから」

「了解っす」

逆らわずに研人はこくりと頷きます。研人は小さい頃から花陽の言うことはよく聞いていましたよね。中学三年になった今も変わりはないようです。

「ねぇ、研人」

「んー？」

「最近の芽莉依ちゃん、やっぱりあんたの影響受けてる？　ロックな感じ？」

研人、きょとんと眼を丸くしましたね。

「影響って。まぁいろんな音楽は聴いてるけど。いろいろ教えてるよ？　じいちゃんの時代のロックから今の曲まで」

「やっぱりそうなんだ」

そういうものですよね。花陽もまぁいいかと部屋を出ようとします。

「あ、花陽ちゃん」

「なに」

「あのさ、高校って、楽しい？」

今度は花陽がきょとんとしましたね。

「それなりにだけど？　中学と変わらないよ？」

まぁそうか、と研人もまた机に向かいました。何を訊きたかったんでしょうね研人は。

二

翌日です。

今日も平日ですので、花陽と研人がそれぞれ学校へ。かんなちゃん鈴花ちゃんは幼稚園。そしてマードックさんは大学講師のお仕事へ。

藤島さんは、本当は昨日〈藤島ハウス〉に泊まる予定ではなかったようですが、勘一のことが気になって泊まり、今日も我が家で朝ご飯を食べていました。

「後で病院へ行ってみようと思ったんですけど」

出掛けに藤島さんが言うと、紺が笑いました。

「野郎に見舞いに来られたって鬱陶しいだけだって言われるよ」

「それもそうですね」

「でも、顔を出さないと後でまた何か言われるよ」

青が言って、皆が笑いました。確かにそうですね。そう考えると勘一もなかなか面倒臭い男ですね。我南人も違う意味で面倒臭いのですが、やっぱりそういうのは遺伝なのでしょうか。とすると紺がこんなにもすっきりさっぱりした男なのはわたしか秋実さんに似たのでしょうね。

「今日は蔵の作業は?」

紺が藤島さんに訊きます。

〈蔵の作業〉というのは今、藤島さんが進めている蔵の全ての古典籍や書類のデジタルデータ化のことですね。デジタルアーカイブが何とかとか、長くて面倒臭いので皆が〈蔵の作業〉と言っています。

「もう間もなく昭和十年までの分が終わりますから、そこまでのまとめに入りますね。社の方でやって、それでたぶん二、三日は取られますから次は来週の水曜からにします」

「了解」

仁科由子さんがやってきて藤島さんと紺と打ち合わせしながら作業を進めていますよ。もちろん、木島さんもきて仁科さんと二人でとてもよくやってくれています。

そうそう、仁科さんはわたしの小舟さんとのロマンス疑惑も解消してくれましたよね。わたしのあれほどの量の日記を読むのは大変だったと思いますよ。

今日も朝から常連の皆さんが、カフェにやってきました。

昨日、我南人に言われた道下さんは、新ちゃんと一緒に、ちゃんとモーニングを食べにやってきてくれましたね。

「よぉ、おはようさん」

「あら、新さん道下さんおはようございます」

藍子が言います。新ちゃんと道下さん、そのまま店内を見渡し、薫子ちゃんの座るテーブルにつきましたね。

「おはようさん。いいかい」

新ちゃんと道下さんに、薫子ちゃんが微笑みます。こうして見ている分には、おかしな様子はまったくありませんよ。

「何、たまにはよ〈東京バンドワゴン〉の売り上げに貢献しないといかんなって二人で話してさ。おやじさんの入院見舞いみたいなもんだ」

「そうそう。何せ俺と新ちゃんはさ、いっつもただ来て用事済ませて帰るだけだからな。しかもただでコーヒー飲んでくことも多いしさ。こんなときぐらいな、恩返ししとかないと」

新ちゃんと道下さんがそう言います。そう言われてみれば確かにいつもはそうですね。

薫子ちゃんも、いい心がけね、と楽しそうに笑います。

藍子と亜美さんが、その様子をカウンターから見ていました。

「きっとお義父さんに言われて様子を見に来たのね」

亜美さんがコップを拭きながら小声で藍子に言います。藍子も頷きながら言います。

「きっとそうね。でも、お父さんどこに行ったのかしら。道下さんと新さん二人に任せて」

「ここだねぇえ」

それはもういきなり後ろにいたものですから、藍子と亜美さんが飛び上がってびっくりしていましたよ。わたしまで心臓が止まりそうなほど驚きましたよ。止まる心臓もありませんけれど。

「なんですかお義父さん！　びっくり！　びっくりしました！」

お客様に聞かれないように、亜美さんがものすごい小声で、でも思いっ切り怒鳴りました。なかなか亜美さん器用な真似ができますね。

「いいからいいからぁあ」

いつものようにのんびりとそう言った我南人ですが、何と、エプロンをしていますよ。

「何する気ですかお父さん」

藍子です。

「エプロンしてるんだからねぇえ。ライブはやらないよぉお。洗い物だねぇえ」

我南人、口笛を吹きながら下げられたカフェのカップやらお皿やらの洗い物を始めます。この男も若い頃は飲食店などでアルバイトもしていましたから、こういうことはお手のものではあるのですよね。普段はまったくしませんけれど。

何を考えているのかはわかりませんが、その手際の良さにとりあえず藍子と亜美さんは顔を見合わせ納得したように頷いてからお仕事を続けます。

我が息子ながらどういう基準で動いているのかが本当によくわかりません。

「藍子さん亜美さん！　旦那さんのところに行ってきますねー」

すずみさんの声が居間から聞こえてきました。

「あ、お願いねー」

「気をつけていってらっしゃーい」

いろいろと貰い物やら伝言を頼まれていますからね。様子を見がてら、全部すずみさんが届けるのでしょう。我南人が何を企んでいるのかも気になりますが、わたしも一緒に行きましょうか。


病室は六人部屋ですね。見渡すとベッドは全部埋まっています。何のご病気かはわかりませんが大体皆さん中年以降の男の方で、概ね体調も良さそうに思えます。すずみさんが入っていくと、勘一はベッドに座って隣の方と話していましたよ。

「旦那さん。寝ていなくていいんですか」

「おう、すずみちゃんか。もうどこも痛くねぇのに寝てられるかよ」

「駄目です。昨日切ったばかりなんですよ。せめて今日ぐらいは大人しく横になっててください」

勘一、唇をへの字にしながらも言うことを聞いて、ベッドに横になりました。藍子などの孫に言われたら馬鹿野郎で済ませてしまうところですが、実はお嫁さんの亜美さんやすずみさんには少し弱いですよね。

「はい、これ皆さんからのお見舞いの手紙です。皆さんわざわざ届けてくれました。こんなにいらしてくださったんですよ」

すずみさんが紙袋から十通以上の封筒を手渡します。

「なんだよ、随分大騒ぎしてやがんな。さっきなんか出社前に藤島の野郎も来たぜ」

文句を言いながらも嬉しそうですね。お手紙は相当に懐かしい方もいらっしゃるのではないですか。

「まぁこいつはゆっくり読ませてもらうぜ」

「お菓子とかもたくさんいただきましたけど、それはお家で食べますからねって藍子さんが」

「おう。どうせ甘いもんは身体に毒だって言われて、しばらく食えねぇからな。たまには入院してみるもんだな。家に菓子が増えていいぜ」

いい機会ですから、ゆっくりと休んでくださいな。

「かんなちゃんと鈴花が『ゼッタイにかんちーじいちゃんのおみまいにいく！』ってがんばってますから、夕方前にはまた来ます」

「おう、そうか。それでよすずみちゃん」

「はいはい」

「そのときによ、青とでも一緒に来て、この本を全部持ってきてくれや」

勘一、サイドテーブルの上にあったメモをすずみさんに手渡します。すずみさん、読んでふんふん、と頷きますね。

「わかりました。随分たくさんありますけど、全部読むんですか？」

勘一なら読めない量ではありませんけれど、確かに一度に持ってくるにしては多過ぎますね。

「読むのもあるけどよ。あちこちの病室の皆さんから古本の注文を取ったんだよ。来るときにはお釣りも持ってきてくれよ」

「注文取ったんですか！」

勘一、にやりと笑います。

転んでもただでは起きないのはさすが商売人ですね。大したものです。そして、昨日の今日でそれだけ元気ならもう心配ないですね。明日には家に帰ってくるような勢いではないですか。我が夫ながら本当に丈夫で何よりです。

どうやら心配する甲斐もないようなのでお先に帰ってきてしまいました。

わたしは知ってる場所なら一瞬でどこでも行けますからね。こんな身になって随分と経ちますけど本当に便利だと思います。これで知らない場所にも自由に行けたら、漫画のなんとかドアよりも便利なんですが。

カフェの忙しさも一息ついたようですね。新ちゃんと道下さんの姿も見えません。あれから何か進展はあったのでしょうか。気になりますね。

藍子と亜美さんはカフェのカウンターで洗い物。かずみちゃんはお家の掃除ですね。青はどうやら蔵で新しく買い取った古本の整理をしていますか。紺は居間で自分の書き物のお仕事ですね。

我南人はどこへ行ったかと思えば、ちゃんと古本屋の帳場に座っています。またギターを抱えて、何やら爪弾いていますね。あぁ文机には楽譜が置いてあって、何か書き込みながら弾いていますから作曲をしているのでしょう。

そういえばこの子は道端でも公園でもどこでも作曲できるって言ってましたよね。ミュージシャンも人それぞれでしょうけど、我南人は器用な性質なのでしょうか。

からん、と、古本屋の戸の土鈴が鳴りました。

「あぁ、いらっしゃぃぃぃい」

何とも間延びした声ですよね。いらっしゃったのは常連で元刑事の茅野さんです。春らしい薄手の水色のハーフコートにベージュのチノパン。頭には薄い茶色のソフト帽。

相変わらずお洒落ですよね茅野さん。刑事というとドラマとは違って地味な仕事かと思いますが、このファッションセンスはどこで磨いたものなのでしょう。

「我南人さん、いや驚きましたよ」

茅野さん、少し慌てたように丸椅子に座ります。

「どうしたのぉお」

「ご主人、勘一さんが盲腸で入院したっていうじゃありませんか。私は昨日親戚に用があって鳥取まで行ってたもんでね。今日帰ってきて女房に聞いてまぁ本当に驚きました」

「そうなんだぁあ。でもぉ手術も無事に終わって元気だからぁ、心配しないでいいよぉ」

茅野さん、こくんと頷きます。申し訳ありませんね、ご心配お掛けしまして。

「いや本当に大事に至らなくて良かったですよ。病院にもこれからお見舞いに行こうと思うんですが、でも嫌がるでしょうねご主人」

「いやぁ、きっと退屈してるからぁあ、喜ぶと思うよぉ」

そうですよ。口では悪態を吐きますけどね。ご足労ですがお時間があるなら顔を出してやってくださいな。

「茅野さん、いらっしゃい」

紺が顔を出しましたね。何か資料でも取りに来ましたか。

紺が言ってましたが、いざこうやって書き物の仕事が回り出すと、資料が欲しいと思えばすぐそこにあるから家が古本屋であることに感謝すると。本当にそうですよね。

「あぁ、紺くん。大変だったね」

「いや、びっくりはしたんですけど。何か新鮮ですよ。じいちゃんがいない〈東京バンドワゴン〉っていうのも」

「確かにそうですね。我南人さんがここに座ってるのを見て、これもいいなぁと思いましたから」

「それ、じいちゃんに言ったら怒りますからね」

三人で笑います。

「いやそれじゃあ、紺くんにちょっと相談しようかなぁ」

茅野さんが言います。

「何ですか？　探してほしい本でもありましたか」

「いや、それがですね」

茅野さん、さっきから手に持っていた紙包みをそっと文机の上に置きました。

「この本なんですがね」

紺が小さく頷いて手に取りました。

「出していいですか？」

茅野さん、何やら神妙な面持ちで頷きましたよ。さて、何でしょうか。紺が紙包みをそっと開くと、そこには古い洋書が入っていました。なかなか立派な装幀です。

「これは古いなぁ」

紺の顔が綻(ほころ)びます。この子も根っから古本屋の子ですからね。

「背には羊革、表紙に使われてる布織物はこれは何だろう。相当凝ったデザインですね。サイズもあるね。かなり大判だ。これはなかなか見事なものですよ」

表を眺め裏を眺め、そっと開きます。

「まったく聞いたことのない題名ですね。作者も知らないなぁ」

我南人も興味あるのかないのかわからない顔で覗き込みますね。

「ふぅうん。このタイトルはぁ、『春にはふさわしくない日々』とでも訳せばいいのかなぁ。エドワード・P・ジャンソンさんぅ？」

「そんな感じかな。十九世紀の本か。本当に古いし立派な造りの本なんだけど、惜しいかな、かなり、というか相当状態が悪いですね。この表紙の染みが特に拙い」

茅野さん、頷きます。

「実はですね、これは〈血染めの呪われた本〉だって話なんですよ」

「血染めの？」

「へえええ」

何ですそれは。

「へぇ、〈血染めの呪われた本〉」

青も興味津々ですね。ちょうどすずみさんが病院から帰ってきたので帳場を交替して、茅野さんと我南人、紺が蔵にやってきました。

何でもですね、茅野さんがこれは女性の方には知られたくないからと言い出したのですよ。わたしも女性ですが知ってしまいました。でも今さら呪われたところでどうということもないでしょうからね。むしろ誰かを呪える立場でしょうか。そんなことしませんけれど。

「手に入れたのは三日前なんですよ。神保町をぐるぐると回っていましてね。ある洋書専門の古本屋でじっくり本を選んでいたと思ってください」

「茅野さん、最近洋書にハマっているんですよね」

紺が言います。

「そうなんですよ。まだまだ駆け出しなんですがね。それで、ちょうど私がある本に手を伸ばしかけたところ、隣に立っていた男性も同じ本に手を伸ばしましてね。いやこりゃ失礼どうぞどうぞと譲り合ったんです」

「女性なら恋が芽生えるパターンだよね」

青が言って皆が小さく笑います。

「生憎と年の頃なら四十絡みの、人品卑しからずといった感じのスーツ姿の男性でしてね。その本を巡ってその場であれこれ話しまして妙に気が合いまして、歩き疲れたこともあって、そこらで一服でもしますかと」

ふんふん、と皆が頷いています。

「そこで、ですね。古書好き同士、あれこれ話していまして、私が実は元刑事だと言うと、彼はひどく驚きましてね。青ざめたようになりましたからこれはまさか犯罪者かと疑ったのですが、彼はこの本を出してきたのですよ。『元刑事さんでしかも古書好きの方に会えるとは僥倖だ』とね」

「ははぁ、ってことはあれだ」

青です。

「その人この〈血染めの呪われた本〉を手に入れたはいいけれど、怖くなって誰かに譲ってしまいたかったんだけど、呪いとかなんとかで他人を不幸にするような本をおいそれとどこかに譲るわけにもいかず、と」

「仕事柄血なまぐさい話や、人間の怖さを知りつくした刑事さんならそういう話にも乗ってくれるんじゃないかってことですか？」

「そういうことですよ青くん紺くん」

「なるほどねぇえ。じゃあこれってどんな血なまぐさいもんなのぉお」

それがですね、と茅野さんが語ったところによると、この本が〈呪われた本〉と言われ出したのは本が発行された十九世紀末でして、この本を書いたエドワード・P・ジャンソンさんとさる国の貴族のお嬢さんとの悲恋が発端だそうです。

「身分が違うとして二人を引き裂いたのは彼女の財産を狙った叔母たちでね。そのお嬢さんがですね、悲しみの余りにこの本の物語の登場人物と同じようにナイフでこう自分の胸を刺しましてね。命を絶ったそうなんです。そしてその現場に駆けつけた作者も、悲しみと彼女を死に追いやった叔母たちへの恨みを込めて、その場で命を絶ったとか。そうして、その二人の血がこうしてこの本の表紙の染みになったと言うんですな」

そう言われてみればこの表紙の染みは確かに色の濃い液体が染み込んだ感じですね。

「それ以来、この本を所有した女性は必ず恋愛絡みで悲しい死を遂げるという噂が流れましてね。向こうのコレクターの間では亡くなった貴族の女性の名を取って〈セルフィーヌの愛〉という名前で有名だというんです。私はまだ聞いたことないんですが紺くんどうですか」

あぁ、と、紺が手を打って頷きます。

「その本の話は、聞いたことありますよ」

「あるんですか！　じゃあやっぱり本物ってことですかね？」

茅野さん嬉しそうな顔をしましたね。

「ただその本はあくまでも噂であって、現物が今も残っているという話は聞いてませんけど」

「じゃあぁ、それがここにあるってことぉお？」

「その人はどうやって手に入れたんだろうね？」

青が訊きます。

「いや実は手に入れた経緯はある人に迷惑が掛かるので言えないんだと。まぁ所有したはいいが何とか処分したいというので、私が買ったんですよ」

「買っちゃったんだぁあ」

「いやぁそういう話を聞くとねぇ」

「いくらで買ったんですか？」

紺が訊きました。

「その人はただでもいいと言ったんですけどね。そこはまぁ蒐集家(しゅうしゅうか)同士ってことで一万円支払いました」

「一万円かぁ」

それはどうなんでしょうか。高いんでしょうか安いんでしょうか。紺が改めてその本を、白手袋をして細部にわたって見始めましたよ。

「紙質や造本の仕方から見ても、十九世紀から二十世紀初めあたりの本には間違いないと思うから、そこは偽物ってわけではないと思うなぁ。程度が良くて有名な作家の本だったらそれぐらい払ってもいいですけど」

「海外のマーケットだとまた全然違うだろうけどね。日本での洋書の値付けって向こうとは全然違うからね」

青が言います。そうですよね。海外の古書マーケットと日本では本当に需要と供給の度合いが違いますし、何より本に対する文化が違いますよね。ひょっとするとこれもヨーロッパ辺りに持っていけば、貴重な古書となって高い値がつくかもしれませんけど。

「紺くんなら、いくらに値付けしますか」

「まったく知識の中にないので、調べてみたら実は有名な本だったって場合もありますからね。でも、無名な本だとすると、単純な洋書の古書としては売値で千円かな。買い取りはせいぜい出しても五百円。それぐらいひどい状態ですからね」

紺の値付けは確かですからね。おそらくどこへ出してもそんなものなのでしょうね。

「でも、もしこれが本当にその有名な〈血染めの呪われた本〉だとしたら、海外のオークションへ出せば相当な値段で取引されると思いますよ。あくまでも、本物だとしての話だけど。じいちゃんならわかるかもしれない」

「じゃあ、茅野さん、これからじいちゃんの見舞いに行くんですよね？　訊いてみたらどうですか？」

「いやしかし」

　茅野さんが渋い顔をしました。

「もしこれが本当に〈呪われた本〉ならねぇ。病院に持って行くのは何か縁起が悪くてどうかと思ったんですが」

　あぁ成程、と紺も青も頷きます。そうですね、それは確かにちょっと気が引けるかもしれませんね。

「じゃあぁ、僕が歌ってあげるねぇ」

「歌？」

「歌？」

　我南人、蔵の中にも持ってきていたギターを取り上げて、いきなり歌を唄い始めました。これは有名な曲ですね。わたしもよく知っています。ビートルズの歌ですね。〈The Long And Winding Road〉ですよ。

　相変わらず歌だけは上手いですね。紺も青も茅野さんもじっと聴いていました。ギターの音が蔵の中に響いて、歌が終わります。茅野さん、小さく拍手しましたね。

「で、親父何で歌なの」

　青が訊きます。

「だってぇえ、呪いって要するに人の思いだろうぅお？　人の思いを昇華させるのはいつの時代だって歌だねぇ」

うーんと紺と青は唸ってから苦笑いします。

「確かに、祈りの言葉の原点は歌かもしれないからな。当を得てるかも」

紺が言います。確かに、一理あるようにも思えますがどうなのでしょう。

「さぁ茅野さん、これでオッケーだねぇ。呪いのなくなった本を持ってぇ、親父のところへ行ってみようよぉお」

三

我南人と茅野さんが病院に着くと、大人しく寝ていると思ったのに勘一はもう喫煙所で煙草を吸っていましたよ。呆れます本当に。

「よぉ、茅野さんかい。わざわざ済まねぇな」

ロビーの丸いテーブルを囲んであれこれと世間話をしてから、実はと茅野さん、〈セルフィーヌの愛〉を取り出しまして、勘一に話を聞かせました。

難しい顔をしながら聞いていた勘一ですが、聞き終わると何だか嬉しそうな顔をしましたよ。

「成程ねぇ」

本を持ってにやにやします。その本の持ち方でもうわたしはわかってしまいましたが、どうやら本物ではなく偽物のようです。

「残念だがよ茅野さん。こいつは偽物だ」

「あぁ、やっぱりですか」

茅野さん、残念そうに、でも苦笑いします。

「俺ぁ〈セルフィーヌの愛〉の本物てぇのを昔見たことあるんだよな」

「そうなんですか⁉」

あら、いつの話ですか。わたしは知りませんけれど。

「と言っても写真でなんだがな。その昔に俺の親父の堀田草平が手に入れた写真でモノクロだったが、これとはタイトルも作者もまったく違うもんだったぜ。確かタイトルは親父の訳では『岸辺の祈り』。作者はスコットランドの人間でケンドリック・ショーとか何とかいう名前だったたな。今でもその写真は蔵ん中で眠ってるはずだからよ、後で確かめてみるぜ」

お義父さんがですか。それなら間違いありませんね。

「いやしかし、こいつぁ下手を打ったというか、いや、貴重な経験をしたと言うべきかなぁ茅野さんよ」

「貴重な体験、というと」

勘一が、うむ、と頷きます。

「元刑事としちゃあ情けねぇけどよ、あんた〈ホンドリ〉にやられたんだよ」

「〈ホンドリ〉？」

「なぁにぃ、それぇぇ」

うむ、と勘一が腕を組みました。

「もう大昔に流行(はや)った、まぁ詐欺の一種だな。若いもんは知らねぇだろう。詐話師とか作話師なんてぇ呼び名もあったらしいが。俺も会ったことはなくてまだ十代の頃に親父に一度や二度聞いたぐらいだな。まぁ親父はかなり詳しかったんだがな」

「詐欺ですか」

そうよ、とまた笑いました。

「あれだよ、戦前の時代だよ。その時代の好事家(こうずか)とかよ、マニアみたいな連中ってのは好奇心とかよ、あるいは怖いもの見たさの誘惑には勝てねぇんだよな。〈ホンドリ〉の連中はそこにつけこんでな、こういう〈呪いの云々〉とか〈悲しみの何とか〉とか〈恨みのどれそれ〉みてぇな話をさもそれらしくでっちあげてよ、こういう曰くあり気な風情の二束三文の古本だったり古民具なんだりを売りつけるのさ。ところでこいつは一体いくらで買ったんだい」

「一万円ですね」

「まぁそれぐらいなら、いい相場ってもんか。この連中ってのはさ、顔を知られても逮捕されなかったらしいんだよな」

「どうしてぇえ？」

「まぁ優雅な時代というか、洒落がわかる連中が多かった時代よ。その頃の好事家どもはよ、騙されたとわかっても被害がそれぐらいの値段だったらよ、『いや楽しませてもらった。見事な作話だった』ってんで笑って納得したもんよ。あれだよ、大道芸にお捻り渡す感覚だわな。またその頃の〈ホンドリ〉の作話ってのは、小説を書いて作家になった方が儲かるんじゃねぇかってぐらい見事な嘘が多かったっていうぜ」

成程、と茅野さん納得していますね。

「じゃあぁ、どっかでまた会っても知らん顔してたってことなのぉお？」

「知らん顔どころか、今度はどんな楽しい嘘で騙してくれるのかと自分の方から会いにいく連中もいたって話さ。まぁ娯楽の少ない時代って言っちゃああれだが、そういう感覚もあったんだろうさ」

茅野さんが頭を掻きました。

「私は現代に甦ったその詐欺にものの見事に引っかかったわけですか」

「そういうこったな。しかしまぁこの年になって〈ホンドリ〉の話を聞けるとはな。俺もそいつに会ってみてぇもんだけどよ茅野さん」

「はいはい」

「もしかしてその男ってよ、その昔に〈ホンドリ〉を稼業にしていた野郎の幽霊だったってオチじゃねぇのか」

茅野さん、眼を丸くしました。

「いや、それはないと思いますけどね。握手もしましたし」

それはそうかと笑います。わたしも笑いましたけど、でも案外わたしのお仲間は他にもいるのかもしれませんよね。

「なるほどねぇえ。そういうのもあるのかなぁ」

「案外おめぇらみてぇなソングライターってのも、〈ホンドリ〉の仲間かもしれねぇぞ。てめぇの作ったお話を唄って語って人様を泣かせたり喜ばせたりしてお捻りもらって暮らしてんだからな。似たようなもんだろう」

それはどうでしょうかね。まぁ近いのかもしれませんけれども。

「そうそう、多少にしかならねぇが、金を取り返す方法があるぜ」

「そうなのですか？」

勘一、本をまた手に取りました。

「紺の言ったように古本としちゃあほとんど価値がないかもしれないけどよ、このいかにも金を掛けて造本されたヨーロッパの古書っていう見た目は別さね。ちょいとした洒落たインテリアにはならぁな」

「インテリアですか」

「状態は確かに悪いけどよ、結構な造りの本じゃねぇか。間違いなく本物のその時代の本だからよ、ヨーロッパのアンティークを売る雑貨店とかなら四、五千円で売ってもいいかって気になっちまう代物だ。持ち込んでみな。二千円ぐらいで買い取ってくれるかもしれないぜ」

「いやぁ」

茅野さん苦笑します。

「いい記念になりますから取っておきますよ」

「そうかぁあ」

我南人が急に何かを思いついたように、大きな声で言いました。

「ありがとねぇえ親父ぃ。お金払って騙されて幸せになるのかぁあ。幸せになるための嘘ねぇえ」

「なんだよ急に」

勘一が眼をぱちぱちしましたね。

「てめぇに礼を言われるようなことしたか？」

さて、我南人は何に納得したんでしょうね。

＊

「いいからいいからぁ。散歩に行こうよぉ」

子供みたいに何ですか。薫子ちゃん、苦笑いして頷きます。

急いで病院から帰ってきた我南人が何をするのかと思えば、薫子ちゃんの家に行ったのですよ。そこにやってきたのは新ちゃんに道下さん。幼馴染みが勢揃いですね。

きっと二人とも我南人から連絡があって、お仕事中なのに呼び出されたんですよ。済みませんね本当に。

「ほんのちょっとで終わるからねぇ」

無理矢理ですね。

我南人に新ちゃん、道下さんに薫子ちゃん。四人で連れ立って下町の細い道を歩いていきます。もう六十過ぎのおじいちゃんとおばあちゃんになってしまいましたね。傍から見ると健康のために散歩でもしているように見えますが、本人たちにしてみればいつでも昔の心持ちに戻ってしまいますよね。

そうですよ、他にもたくさんいましたけれど、五十数年前はこうやってこの四人、いつも小学校まで通ったもんですよ。わたしはその後ろ姿をよく覚えています。

「そういえばよ、番助（ばんすけ）いたじゃないか。番東太助（ばんどうたすけ）」

「あぁ番助！　いたなぁガキ大将の。お前といっつも張り合っていた」

「番東くんね。私、何年生のときだったかな。あの子に泣かされて帰り道ずっと泣いてたことあったわ」

「番ちゃんねぇえ。いたねぇえ懐かしいねぇえ」

　思い出というものは思い出すとどんどん際限なく出て来ますよ。

「中学のときに転校しちまったけど、大学のときに柔道の合宿で再会してな。それからはときどき年賀状が来てたんだぜ」

「なんだそうだったのか」

「小学校の同窓会も、もう何十年もやっていないわよね」

「三十ぐらいのときが最後だったか」

　そんな話をしながらどんどん歩いていきます。我南人はどこへ向かっているのかと思えば、この道筋は、話に出ていた小学校のようですね。

　四人とももちろん中学校でも一緒でしたが、やはりあれでしょうか。先輩後輩の関係が大きくなっていく中学生よりも、皆でごっちゃになって遊んでいた小学生のときの思い出の方が印象深いものでしょうかね。

　ゆっくりと歩きながら、四人は小学校のグラウンドに入って行きました。時刻は四時を回っています。

微かに辺りの空気が色づき始め、春の夕暮れ時が近づいていますね。子供たちはまだ大勢グラウンドでそれぞれに遊んでいます。誰かのおじいちゃんおばあちゃんが入ってきたのかと、我南人たちを見ている子供たちもいますね。

ほんの五、六年ほど前はあの中に花陽と研人もいたのですよ。そうして、あと二、三年も経つと、かんなちゃん鈴花ちゃんの姿がこの校庭にあるのでしょう。

我南人も藍子も紺も青も、同じグラウンドの土や芝生の上で走り回っていましたね。思えば、学校というのは子供たちのたくさんの声を、皆の思い出を吸い込んでいつまでもいつまでもそこに建っているものなのでしょう。

校庭の端に小さなベンチがあります。四人がそこに並んで座りました。楽しそうに遊ぶ子供たちを見つめる四人の顔は、父親であり母親であり、また祖父母でもあります。

「薫子ちゃんぅ」

「なぁに」

「子供は可愛いねぇえ」

我南人が言って、薫子ちゃんも頷きます。

「そして、孫も可愛いよねぇ」

「そうね。私にはまだいないけれど、可愛いでしょうね」

「うちのぉ、かんなちゃん鈴花ちゃんをいつも可愛がってくれてありがとうねぇえ。そしてさぁあ、早く自分のところにも孫ができないかなぁってずっと思っているんだよねぇえ薫子ちゃん」

薫子ちゃん、ほんの少し眼を伏せてから、小さく頷きました。

「でも、そういうものは授かり物だから」

道下さんと新ちゃんは、この散歩を始めた我南人が何を言い出すのかを待って、じっと聞いていますね。

「授かり物だけどぉ、羨ましかったんだよねぇ孫がいる人たちがさぁ。そうしてぇふっと思ったんだよねぇ。自分はいなくなった方がいいんじゃないかって考えたんだよねぇ薫子ちゃん」

「え？」

新ちゃんも道下さんも驚きます。

「いなくなった方がいいって、どういうこと？」

道下さんです。

「そのまんまの意味だねぇ。自分があの家から出ていった方が夫婦仲が良くなるんじゃないかって思っちゃったんだぁあ」

「おいおい、本当かよ薫子ちゃん」

新ちゃんが言います。

「薫子ちゃんのところはとてもいい家だけどぉ、狭いし古いからねぇ。いくら仲は悪くないっていっても二十四時間顔を突き合わせているのは、お嫁さんも息苦しいんじゃないかってねぇ。薫子ちゃんが毎朝我が家に来るのも、お嫁さんに少し自由な時間をあげようとか、そういう考えもあったんじゃないのぉお？」

新ちゃんが首を捻ります。

「それは、まぁわかるような気もするが、まだよくわからんぞ？　それがあの古銭とどう繋がるんだ？」

薫子ちゃん、じっと下を向いてしまいました。我南人はそんな薫子ちゃんを見て、言います。

「間違ってたら言ってねぇえ、薫子ちゃん。息子さんは忙しいんだよねぇ。お嫁さんのことをあまり考えてないんだよねぇ。でもぉ、それは自分がいるからかなぁあって。母親である自分がいるから息子は仕事ばっかりしてお嫁さんを放っておいても安心とか思っているんじゃないかってねぇ。だったら、自分があの家から出ていけばいい。出ていくためにはボケるしかないかなぁって思ったんじゃないかなぁ。そして施設に入れば、夫婦二人の生活になれる。ひょっとしたら孫もできちゃうかなぁってねぇえ」

ぽん、と道下さん手を打ちました。

「なるほど。それでか。〈東京バンドワゴン〉で古銭を出して、ボケたふりをして」

「そうだねぇえ」

「演技をしたのか」

我南人、優しく微笑んで薫子ちゃんを見ます。

「でもぉお、ちゃんと考えたんだよねぇ。ご近所の噂になっても息子さん夫婦が可哀相だしいぃ。我が家だったら、大丈夫なんじゃないか、息子夫婦にだけそっと言ってくれるんじゃないかってねぇえ。藍子と亜美ちゃんのときにだけ古銭を使ったよねぇ。この間、僕が初めてお店のカウンターに立ってえぇ、君からコーヒーの代金を受けとったときはぁ、普通のお金だったよぉ。どうしてなんだろうねぇえ」

今度は新ちゃんが、パン！　と手を打ちました。

「わかったぜ。薫子ちゃん、がなっちゃんに古銭で支払ったらよ、この男のことだから『なぁにぃこれぇえ？』とか大声で指摘されちゃうからだ。だから薫子ちゃん、普通に支払ったんだろ」

我南人が頷きます。

「そうだよねぇえ？　薫子ちゃんぅ」

薫子ちゃん、大きく溜息をつきました。そうして顔を上げて、我南人を見ます。

「我南人くん。そんな風にいっつも飄々（ひょうひょう）としているけれど、鋭いからですよ。こうやってすぐに、私のやろうとしていることなんか見抜いちゃうと思ったから」

淋しそうに微笑みます。そうなのですよ。この男、わけがわかりませんけれど、さすが紺の父親ですよね。いつの間にかいろんなことの本質を見抜いたり、事情を察したりしますからね。

薫子ちゃん、女性ですからね。そういうことをわかっていたんでしょう。

「じゃあやっぱりそうだったのか薫子ちゃん。演技をして、息子さんに、自分を施設に入れさせようとしたのか」

こくん、と溜息交じりに頷きました。

「浅はかな考えだっていうのはわかっていたけれどもね。波風立てないように、自分ができることは何かなぁって考えてやってみたのよ。藍子ちゃんと亜美ちゃん、すずみちゃんたちなら、うちの眞子さんとも親しいし。内々で処理してくれるって思っていたの。息子たちが病院に行こうかと言ってくれれば、迷惑を掛けるのは嫌だから施設に行くわって。でも」

ふぅ、と、また息を吐いて、三人の顔を見ました。

「やっぱり、浅はかだったわね。ごめんなさいね。皆にもこうして迷惑掛けちゃって」

薫子ちゃん、頭を下げます。

「別に迷惑なんかじゃねぇよ。謝る必要なんかねぇぜ？」

「そうだよ薫子ちゃん。気持ちは、すっごくわかるぜ？」

新ちゃんも道下さんも優しいですね。

「でもね、別に施設に入ることだけが目的じゃあなかったのよ。これをきっかけにして、忙しいばかりで眞子さんのことを考えない息子に、さんざん言ってもわからないあの子に少しでも家のことを、皆で楽しく暮らすことを考えさせようかなって思ったんだけど」

少しだけ悲しそうな顔をして、薫子ちゃんまた下を向いてしまいました。

わたしは大勢の家族に囲まれて、毎日が賑やかで楽しい家で暮らすことができました。そうして、孫や曾孫の顔まで見られました。

でももちろん、そうではない家庭も多いのです。薫子ちゃんの気持ちはわかりますよ。自分のことはさておき、毎日一人で淋しがっている、お嫁さんの眞子さんのことをいちばんに考えたのですよね。

我南人が、ぽんと薫子ちゃんの肩を叩きます。

「もうちょっとぉ、散歩しようかぁあ」

どこへ行くのかとついてきたのですが、隣町まで歩いてきましたよ。四人ともまだまだ健脚ですね。

でもまぁ隣町といっても歩いてほんの十分程度。わたしたちの住む辺りとは地続きという感じですよね。こちらもまた古い町並みが多く残り、たくさんの人に愛されている辺りですよ。

「ここだねぇえ」

我南人が指差したのは、駅に程近い賑やかなところですけれど、小さな古いお店です。あら、ここは。

「入ろうかぁあ。ごめんよぉお、ご主人ぃ、できたぁあ？」

年季の入った暖簾をくぐって、ガラス戸を開けて我南人は中に入っていきます。他の三人も続きます。

どうやら何を考えているのかはわかりました。

ここは〈高蔵屋〉さんですよ。

わたしたちと同じように古いものばかりを扱う商売ですが、こちらは古銭商。もちろん勘一の知り合いですし、こちらも代々続くお店です。その昔からいろいろお世話になっていると聞いていますよ。

薫子ちゃん、中に入って眼を丸くしました。

「豊」

そうです。そこには薫子ちゃんの一人息子、豊さんがいたのです。スーツ姿ですから、きっと我南人に無理矢理呼び出されたのでしょう。その隣には、奥さんの眞子さんもいらっしゃいました。あらまぁ、すずみさんじゃありませんか。にこにこしてお店の隅に立っています。きっと我南人に頼まれて動いたのですね。ごめんなさいねいつもいつも本当に。

「母さん」

豊さん、真面目な顔をしていますね。お店のカウンターにはもちろんご主人の高蔵さんがいらっしゃいます。お久しぶりですね。

「がなっちゃん、ひょっとして」

新ちゃんが言います。我南人が頷きますね。

「豊ちゃんに言ってさぁ。お父さんの遺した古銭ってのを探してもらったんだぁあ。そいつがそうかなぁあ？」

カウンターの上に、古銭を保管するバインダーが三冊ほど載っています。結構な量があるのではないでしょうか。

「高蔵さぁあん、鑑定できたぁ？」

丸眼鏡がお似合いの高蔵さん、にっこり笑ってこっくり頷きました。

「それほど貴重な品というのはありませんでしたがね。しっかりと保存されていて、押さえるところは押さえている。なかなか良いコレクションですよ。高いところでは、この明治四年の旧一円金貨などはほとんど未使用でしたから六万円の値をつけさせてもらいましたよ」

「六万円!?」

道下さんが驚いて見つめますね。そんなにするものなのですか。そしてそんなにしてもそれほど貴重な品というわけではないのですね。

「じゃ、これはどうよご主人」

新ちゃんもなんだか興奮して指差しますね。

「これは菊五銭白銅貨。明治三十年のものですね。ちょっと傷があるのでまぁ千円ってところでしょうか」

「あぁ、千円か。いやそれでもこんなもんが千円もするのか」

「それでぇえ」

我南人です。

「合計、いくらぐらいぃぃい?」

高蔵さん、手元にあった紙を我南人に渡します。受け取って、我南人はチラッと見てにっこり笑いましたね。

「薫子ちゃんぅ、これを見てぇえ」

薫子ちゃんの方に向けました。

「これぐらいなのですね」

薫子ちゃん、頷きます。

「そんなに大騒ぎするような、大した金額じゃないねぇえ。せいぜい買えて軽自動車の中古ぐらいぃい？　ギターだったらけっこうなものを買えるけどぉお。豊ちゃんぅ」

「はい」

豊さん、神妙な面持ちですね。

「でもぉ、近場のいい温泉に行ってぇ、夫婦でのんびりしたりぃ、親子で出掛けて広い部屋でゆっくりすることをぉ、十回や二十回はできる金額だよねぇ」

「そう思います」

ぽん、と、我南人は豊さんの肩を叩きました。にっこり笑います。きっと言いますよ。

ほら言いました。

「LOVEだねぇ」

「LOVEはお金じゃ買えないけどぉお、LOVEを込めてお金を使うことは誰にでもできるんだぁあ。そうやってのんびりしてさぁ、今度はあそこへ次はあっちへって話して皆でLOVEを感じればぁあ、きっと気分も変わって毎日楽しいと思うんだぁあ。この古銭を遺したお父さんは怒らないと思うなぁあ」

豊さん、微笑んで頷きます。それから、薫子さんを見ました。

「母さん」

薫子さん、ちょっと瞳が潤んでいますね。

「何か、いろいろごめん」

「私こそごめんね。迷惑かけちゃったみたいで」

豊さん首を小さく横に振りました。それから古銭の詰まったバインダーを手に取ります。

「いいよね？　我南人さんの言うように、たまには温泉にでも行ってのんびりしようよ。親父もきっと喜ぶと思うんだ」

薫子さん、笑って頷きました。

＊

春の宵はどこか柔らかく、人の心をふわふわと和ませるような気がしますね。今宵は月が朧に霞んで、得も言われぬ雰囲気です。

あれですね。この家にはたくさんの人がいますけれど、やはりあの大きな人がいないとどこか何かが足りないように感じますね。

あら？　紺がかんなちゃんを抱っこしてやってきましたね。トイレでしょうか。違いますね。かんなちゃんを抱っこしたまま、仏壇の前に座って、おりんを鳴らしました。かんなちゃんの瞳はとろとろしていますよ。眼を開けて眠っているみたいですよ。

「ばあちゃん、いる？」

「はい、いますよ。どうしました。かんなちゃん寝惚けているのかい？」

「それがさぁ、かんながね、大ばあちゃんはかんちーじいちゃんがいなくて淋しがってるって言ってさ」

「まぁ、そんなことを？　淋しがってはいませんけどね」

「かんな？　大ばあちゃんが見える？」

「かんなちゃん？　見えますか？　大ばあちゃんですよ。あら、ちょっと笑ったけど、眼を閉じちゃいましたよ」

「眠っちゃったか。最近ますます大ばあちゃんのことを感じるようになってきたかな」

「そうかもしれないね。そういえば紺、薫子ちゃんの話は聞いたかい？」

「あぁ、親父からね。話を聞いてさ、ばあちゃん」

「なんだい」

「我が家は大した儲けもないし地味な毎日だけれども、皆がいて元気なだけで幸せなんだなってつくづく思ったよ」

「そうですよ。この当たり前の幸せを忘れちゃいけませんよ」

「そうだね。あれ、終わりかな。おやすみばあちゃん」

紺がおりんを鳴らし、かんなちゃんを抱っこしなおします。はい、おやすみなさい。

かんなちゃんありがとうね。大ばあちゃんは皆がいるから淋しくありませんよ。ゆっくり眠ってくださいね。

病気になって健康のありがたさがよくわかると言いますけれど、当たり前の幸せは、誰かにとっては当たり前ではありません。それは決して平等に訪れるものではないのですよね。

義父である堀田草平もよく言っていました。何かを得たものはそれをどう使うかで、感じるかで価値が決まると。もし我が家のこの当たり前の毎日が、誰かの日々に少しでも幸せをお分けできれば嬉しいですね。

笑って暮らしていける毎日。それを目指す日々。そういうものを、忘れないようにしていきたいものです。

夏 オール・ユー・ニード・イズ・ラブ

一

七月に入って、初めて入道雲を見たような気がします。もくもくと湧(わ)いて出るあれを見ますと、あぁ夏なんだな、という気持ちになってきますよね。蟬(せみ)の鳴き声もますます大きく強くなってきました。

ここのところは毎年のように猛暑だ猛暑だと騒いでいるような気がします。やれ地球なんとかだなんて声も新聞を騒がせますが、とにもかくにも自分たちの身の回りでできることをしませんと、涼しい気持ちにはなれません。

かんなちゃん鈴花ちゃんが生まれたときにはクーラーがないのを心配する声もありましたが、幸い二人とも猛暑にもめげることなく、元気一杯に大きくなりましたよ。

今年も市で勘一が二人のために朝顔を買ってきました。それも二鉢ではなくなんと二十鉢も。いったいどうしたのかと思えば今年は家族全員の分だと言ってましたがいくらなんでも買い過ぎです。我が家には現在十三人しかいませんけれど、いえ実際に住んでいるのは十人なんですが。誰かがそう言うと周りの連中も含めてだと笑っていました。

笑うのはいいですけど、如雨露での水やりはかんなちゃん鈴花ちゃんがやるのですが、二人だけでは無理ですよね。まぁかずみちゃんや花陽などが一緒にやってくれるのでしょうけど。

でも、あれですね。こうして縁側に朝顔がずらりと並んで大きくなってくれればいい日除けになりますよね。

打ち水に葦簀に扇風機、縁側の簾や葦戸、ガラスの水盆に金魚。盥に立てる氷柱。少しの工夫で涼しさを貰う昔ながらの工夫はいろいろあるものです。

裕太さんの家になった裏の右隣の庭の枇杷も今年は立派に実っていました。そういうのは初めてということで、裕太さんに玲井奈ちゃん、夏樹さんとまだ二十代の若者三人が屋根に登って喜んで採っていましたね。


そんな夏も盛りへと向かっていく七月半ば過ぎ。

相も変わらず堀田家の朝は賑やかです。かんなちゃん鈴花ちゃんが皆を起こしに走り回りますが、朝からもうそれぞれの涼しい場所へ避難している猫たちは驚きません。その代わりに、夏の暑さにはバテ気味のアキとサチの動きが悪くなりますよね。二匹もそろそろ中年でしょうから、気をつけてあげてくださいよ。

夏だからこそ暑さに負けないように朝からしっかり食べなきゃいけません。窓が開け放たれて風が通り抜ける台所では、かずみちゃんに藍子、亜美さんにすずみさんが手際よく朝食の準備をします。ここのところ、かんなちゃん鈴花ちゃんもお料理することに興味がでてきて参加したがるのですが、忙しい朝の時間帯はまだ無理ですね。まずはいつものようにお箸を並べてくださいな。

「はい、けんとにいちゃんここすわって」

「かよねえちゃんはここにすわりましょー」

「マードックおじちゃんは、ここでいいでしょう」

「こんおじちゃんは、きょうはここですねー」

「かずみおばちゃんは、ここー」

「あいこおばちゃんにはここをおすすめしましょう」

「あみおばちゃん、ここよー」

「すずみおばちゃんはきょうはこっち！」

「あおおじちゃんはきょうもすずみおばちゃんのとなりです」

決まりましたか。この頃二人の間では誰に教えてもらったのか、〈おじちゃん〉〈おばちゃん〉を付けるのが流行っているのですよね。

すずみさんがかんなちゃんに「すずみおねえさんにして！」と頼んでも「ダメです」と言われました。子供の発想は本当におもしろいです。

今朝は白いご飯におみおつけはじゃがいもに玉葱。チーズを入れたオムレツに昨夜の残りのマカロニサラダ。さやいんげんにピーマンとお茄子の炒め物、辛めの金平牛蒡（ごぼう）に胡麻豆腐に、焼海苔に納豆におこうこですね。

皆が揃ったところで「いただきます」です。

「なんだか今日は朝から蒸すなおい」

「あれ？　花陽と研人は今日から夏休みか？」

「ケチャップかけるとおいしいからね、かんなはたくさんかけるの」

「研人、あなたそろそろ髪の毛切りなさいよ、暑苦しくなるんだから」

「ねぇ、葉山にさ、愛奈穂ちゃんと行ってきていいでしょ。夏期講習の合間に」

「すずかはマヨネーズがすきー」

「僕ぅ、八月にはぁ、北海道で野外フェスだからねぇえ。よろしくねぇえ」

「またりょうしんが、はなびたいかい、みに、England からくるそうです」

「限界まで伸ばそうと思ったけどさぁ、やっぱり暑いよなー」

「いいんじゃない？　でも二人きりじゃなくて誰かうちの男の人と一緒に行ってね」

「北海道はいいねぇ涼しくて。私ももう一度住んでみたいよ夏の北海道に」

「おい、トマトってなかったか。昨夜あったろうトマト。ちょいと乱切りにしてくれや」

「相変わらず元気だねマードックさんのお父さんお母さん」

「ポコもノラもベンジャミンもたまさぶろうもないてる。おなかすいたって」

「研人が一緒ならどう？　向こうに龍哉さんも、夏休みで帰国中の光平さんもいるし。芽莉依ちゃんも誘って」

「はい、旦那さんトマトです。ドレッシングでも持ってきましょうか？」

「脇坂の方でも海に連れて行くって言ってますから。スケジュール調整した方がいいわよね」

「えさあげていい？」

「え、オレをダシに使うの」

「旦那さん！　どうしてトマトに納豆を掛けるんですか!?」

「これがね、やってみたらさっぱりしていいんだ。旨いぜ」

あぁもう本当に勘弁してくださいな。その未開拓の地を行こうとする勇気は買いますが、どうして変な方向へ行こうとするのでしょうか。そして本当に美味しそうに食べているから困ります。

「でも、せっかくお隣さんになったんだから小夜ちゃんたちも一緒に行きたいわよね」

藍子が言います。夏の海水浴の話の続きですね。

「そうよねぇ。裕太くんも玲井奈ちゃんも夏樹くんも若いんだから、夏だ海！　って感じでしょ？」

亜美さんが頷きながら言います。確かにそうですよね。

「夏樹はぁあ、かなり忙しいよぉお。夏はフェスでいっぱいいっぱいだからねぇえ」

我南人が言います。そうでした。夏樹さんは我南人も所属する音楽事務所の社員ですからね。マネージメントするミュージシャンたちの夏のライブで、海どころではありませんか。

「裕太さんも会社員ですしね。ここは小夜ちゃんと玲井奈ちゃんを誘うだけでいいんじゃないですか？」

すずみさんが言います。

「そうしようか。後でスケジュール調整しましょう」

「こういうとき皆でＬＩＮＥやってると便利よね。グループ作っちゃおうか」

葉山の海での海水浴は毎年恒例ですからね。脇坂さんの親戚の方が経営されている旅館でゆっくりしたり、三鷹さんの会社の保養施設を使わせて貰ったりもしました。さらには龍哉さんもくるみさんもいつでも遊びに来てほしいとおっしゃってくれていますからね。本当にありがたいことです。ＬＩＮＥというのはあれですよね。スマートホンを使った便利な連絡手段ですよね。わかってますよ。

暑い夏を乗り切るためには存分に遊んだ方がいいですからね。花陽は塾で、研人も受験で大変でしょうが、夏休みの幾日かぐらいは思いっきり楽しんでください。

夏休みが始まっても、ご近所の常連のお年寄りの方々は朝早くから開店を待っています。

「おはようございます！」

亜美さんが雨戸を開けて今日も開店ですね。幼稚園がお休みになったかんなちゃん鈴花ちゃんも、ゆっくりと皆さんの相手をしようと挨拶をします。

「はい、おじいちゃんお茶です」

「おう、サンキュ」

藍子が持ってきたお茶を手にして、新聞を広げ、どっかと勘一は帳場に座っています。春に盲腸になって手術をしましたが、医者も呆れるほどに傷口の回復も早かったですよね。本当にこのまま死なないんじゃないかという気もしてきましたよ。

「ほい、おはようさん」

「おはようございます祐円さん」

近所の神社の元神主で勘一の幼馴染み、祐円さんもいつもの時間にやってきました。あら、でもマスクをしていますよ。

「風邪ですか？」

藍子が訊きます。祐円さんが手をヒラヒラと振りました。

「まだ大丈夫。ひいてないさ。でも咽が痛いって言ったらさ、子供たちにうつしたら大変だってな。嫁がマスクしていけってさ」

そうですか。でも予防が大事ですし、祐円さんはいつも夏風邪を引きますよね。注意してくださいな。祐円さんが古本屋へ向かいます。

「おはよう勘さん」

「おうおはよう。なんだよ朝から辛気臭いな」

「だから予防だってよ」

言いながら祐円さん、マスクを下にずらしました。

「はい、祐円さん、コーヒーです」

「おうサンキュすずみちゃん。相変わらず可愛いね」

「そうなんですよーいつまでも可愛いんですー」

さっさと棚の本を片づけながらすずみさん、自動的に返事をします。もう祐円さんのお世辞は時候の挨拶と同じですからね。

「ところであれはそろそろ終わるんだって？」

「あれって何だよ」

「蔵の仕事だよ。デジタルなんとか」

　勘一、うむと頷きます。

「目処は立ったな。もうそろそろ仕舞いだ。しかしまぁ膨大で地味な作業を仁科ちゃんも木島も藤島もよくやってくれたぜ」

　我が家の蔵の中にある貴重な古典籍や書類のデジタルアーカイブ化ですね。昨年の冬に話が持ち上がって、この夏にようやく終わりを迎えそうです。

「それであれかい。内緒のものも全部やったのかい」

「もちろんやったさ。じゃなきゃ意味がねぇからな。まぁそこんところだけは、実際に作業して眼にしたのは紺と青とすずみちゃんだけどな。さすがに藤島たちに我が家の内緒を背負わせるのは可哀相ってもんだ」

「だよなぁ。俺でさえ見たことねぇもんな」

　そうですね。そこはやはり堀田家の人間が背負わなければいけないものですからね。

「でもこれで本当に楽になりましたよね」

　勘一の後ろで買い取った本の整理をしていたすずみさんが言います。

「今まではいちいち蔵から探してそっと見ていたものが、パソコンですぐに検索して中身を確認できるんですから」

「確かにな。まぁ本当の作業はこれからよ。あのデータをどう整理して、活用できるものはどうしていくかだからな」

うむ、と祐円さんも頷きます。

「じゃあよ、勘さんよ。木島の奴ぁ、終わったところでそろそろ予定立てていいんじゃねぇか？」

「何の予定だよ」

「馬鹿野郎。結婚だよ結婚。うちの神社で式を挙げるのよ木島と仁科ちゃんがよ」

「おお、そうだったな」

勘一がポンと文机を叩きます。

「俺んところの商売も繁盛させてくれよ」

「しかしそういう話は確かに酒飲みながらしたけどよ。あの木島の野郎が式なんか挙げるかね？」

「大丈夫ですよ」

すずみさんが言います。

「愛奈穂ちゃんに一言『お父さんの結婚式に出たい！』って言ってもらえば、木島さん飛び上がって式をやりますよ」

「そういうことだよすずみちゃん。じゃあ木島の奴が来たときに言っといてよ。せいぜい盛大にやって、うちを儲けさせてくれってな」

神社が儲けとか言っていいんでしょうか。まぁでも神社も稼業ですからね。きちんとしていかないと成り立ちませんから。

モーニングのお客さんの波が引いた頃、仁科由子さんが今日もお仕事にやってきましたね。

「おはようございます！」

「おう、おはようさん」

勘一が答えます。彼女はこの半年間、週に三回は我が家にやってきて蔵に籠り、地道な作業を繰り返してきました。作業としては特に難しいものではなく、書類や古典籍を一枚ずつ丁寧にスキャンなり、写真に撮って保存していくという単純なものなのですが、単純なものほどミスなく確実に積み重ねていくのは難しいものなのですよ。ましてや分類やデータ整理を間違えては大変ですから。

仁科さん、それをきっちりとやり遂げてくれましたよね。大したものだと思います。

「あぁ、仁科ちゃんよ」

「はい？」

いつものように鍵を借りて、蔵にまっすぐ向かおうとした仁科さんを勘一が呼び止めます。

「まぁ座ってくれや」

こくん、と頷いて丸椅子に座ります。勘一、にっこりと微笑みましたよ。

「それでよ、そろそろ作業が終わるんだけどな」

「そうですね」

「ズバッと訊いちまうけどさ。お前さんと木島の野郎の式をさ、ぜひ祐円の神社で挙げてもらいたいんだが、その辺の話は二人でしてないのかね」

仁科さん、ちょっとびっくりした顔をしたと思ったら、すぐに耳たぶまで真っ赤になりました。この半年間でわかりましたが、基本的にわかりやすい方ですよね。

「いえ、あのですね」

「うん」

「確かに、結婚の約束はしましたが、具体的な予定は仕事が全部終わってからということで何も」

恥ずかしそうに言います。勘一、そうかいそうかいと頷きました。

「じゃあよ、俺の方から木島に話を持ちかけたいんだが、結婚式ってのは男より女の方が一大事なんだからさ。仁科ちゃんの気持ちを優先したいんだが、神前式で問題ないかね？　もちろんあれだ、教会で式を挙げたいとかさ、そういう希望だったら言ってくれよ。無理強いはしねぇからさ」

「いえいえ」

仁科さん、微笑んで手をひらひらと振りました。

「私はもう、ぜひ神前と思っていましたから、願ってもないことなんですが」

「が？」

苦笑しましたね。

「あの人が納得するかどうか。何せそういうことを嫌う人ですから」

「何言ってんだよ。仁科ちゃんがその気なら任せとけよ。ぶん殴ってでもきっちり式をやってもらうからよ」

勘一がからからと笑います。そうですよ、仁科さんの気持ちがそうなら決まりですよね。

でもぶん殴るのは駄目ですよ。


午後になりました。朝方は少し曇っていたのですが、どんどん天気が良くなってきまして空は雲一つない青空になりましたね。暑い夏の一日です。

お昼ご飯も済んで、かんなちゃん鈴花ちゃんは〈藤島ハウス〉のかずみちゃんのお部屋でお昼寝しています。アキとサチが台所の床で横になっていますよ。あそこは涼しいですからね。犬たちにとっては辛い午後かもしれません。お散歩は陽が沈んだ頃が良いでしょう。

カフェでは藍子とマードックさんがカウンターに入っています。すずみさんと亜美さんは娘たちが寝ているうちに、掃除や洗濯やこまごました日常の用事を済ませています。紺と青は蔵の窓を全部開け放ち、夏の風通しをしていますね。普段、金庫などに仕舞ってある書類や何かも少し外気に触れさせて虫干しです。その傍らでももちろん仁科さんが作業をしています。そろそろ木島さんがやってきて、仁科さんの作業の確認をする頃でしょうね。

我南人はいつものように、いつの間にどこに行ったのやら姿が見えません。

花陽と研人は居間の座卓で、アイスコーヒーを飲みながら何やら二人でスマートホンをいじったり、何か紙に書いたりしていますね。

あぁわかりました。夏休みの間のスケジュール確認を二人でしているのですね。海に行く日などをどうするか検討しているのでしょう。

花陽は塾がありますし、研人は一応受験生です。いろいろと忙しいからちょうどいいところを調整しているのでしょう。

からん、と、土鈴が鳴ります。戸が開いて入ってきたのは、あら芽莉依ちゃんじゃありませんか。

「こんにちは」

「よぉ、芽莉依ちゃん」

勘一も帳場でにこりと笑います。芽莉依ちゃん、小さい頃はお人形さんのように可愛らしい子でしたけど、中学三年生にもなると美少女という言葉がぴったりくるようになってきましたよね。瞳はお母さん似でパッチリしていて、どちらかというと涼しい目元の花陽が羨ましいと言ってましたよ。

「暑いね今日も」

「はい。勘一さん、体調は大丈夫ですか？」

からからと勘一が笑います。そうして芽莉依ちゃん、優しい女の子なんですよね。紺が今から研人のお嫁さん候補としてものすごく期待しているのもわかりますよ。

今日の芽莉依ちゃんのファッションですが、大きめのTシャツにボロボロのスリムなジーンズ、あれは今はダメージジーンズというんですよね。赤いチェックのベストが可愛らしいです。なるほど前に花陽が言ってましたが、結構なロックっぽいイメージかもしれませんね。以前はもっと女の子っぽい格好だったように思いましたが。

「ありがとよ。この通りぴんぴんしてるぜ。研人ならそこにいるから上がっていきな」

「いらっしゃい」

研人と花陽が顔を出しましたね。声が聞こえたのでしょう。

「上がれば？」

二人で言います。

「はい、でも、今日は勘一さんにお話があって来たんです」

「うん？　俺に？」

勘一が眼を少し大きくします。さて何でしょう。

「なんだい」

「あの、前に、〈東京バンドワゴン〉さんは古本屋だけど、古物商だから他の古いもの、たとえば中古レコードとかも売れるって、売っていたこともあるって言っていましたよね」

「あぁ、そうだな。言ったな」

そうですよ。我が家には我南人が所有するレコードやＣＤが山ほどありますからね。いつかそれを整理して古本屋にレコードコーナーを作ってもいいのではないかとはよく話していましたよ。

「あぁ、いらっしゃい」

紺と青も顔を出しましたね。カフェに一服でもしにきましたか。芽莉依ちゃんに声を掛けてニコッと笑います。

芽莉依ちゃん、何かちょっと緊張でもしていますか？　手が震えているようにも見えるのですが気のせいですかね。

「実は、夏休みの間だけでもいいんですけど、中古レコードと中古CDをこちらで販売させていただけないでしょうか。そして、わたしをここでアルバイトに使ってくれないでしょうか？」

「あ？」

「え？」

「なに？」

勘一と花陽と研人が同時に言って、そうして皆が芽莉依ちゃんの顔と研人の顔を交互に見ました。

芽莉依ちゃんに居間に上がってもらって詳しいお話を聞きました。

「成程ね。芽莉依ちゃんの親戚が、長野で中古レコード屋をやっていたとは知らんかったな。研人は知ってたのか？」

「聞いたことはあったよ。でも遠いからね」

そうですね。中古レコードなら研人も近かったら大喜びで見にいったことでしょう。

「でまぁそこはいろいろ事情があって閉めることになっちまった。ただまぁ在庫にいいものはたくさんある。できれば高く売って次のステップのための資金にしたいが――

「なかなか上手いこといかない。でも、我が家で売れれば東京だし何より〈我南人〉のいる店だからね。ひょっとしたらバンバン売れるんじゃないかってか」

青です。芽莉依ちゃん、親戚の方のためにそういうことを考えたらしいですね。

「いいんじゃないの？　前にもレコード棚は作ったことあったたし、夏休みの間のスペシャルフェアってことで。それこそ親父のファンだって来やすくなるだろうしね。前にも言ってたよ。自分の昔のレコードを売ってもいいかなぁって」

青が続けて言いました。

ふむ、と、勘一頷きます。

「で、芽莉依ちゃんは我が家に預けるだけ預けて迷惑掛けるのも失礼だからと、そっちの管理は自分でするといや、ぜひしたいってか。夏休みの間は毎日我が家に通ってきたいってぇわけだな？」

「はい」

芽莉依ちゃん、背筋を伸ばして座って頷きます。何か緊張していたように見えたのはこの話をするからだったのですね。

「でも、芽莉依ちゃん」

花陽です。

「中三の夏だよ？　勉強しなきゃならないのに夏休み中、ウチに通うって大丈夫？」

芽莉依ちゃん、こくんと頷きます。

「あの、お母さんにも許可を貰っています。わたし、あの、自分で言うのもなんだし、自惚れているみたいで少し恥ずかしいですけど、問題なく内部進学できますから」

ああ、と皆が頷きます。そうでしたそうでした。

芽莉依ちゃん実はとっても成績優秀な女の子なんですよね。私立の中学では常に学年のトップスリーを争っているとお母さんの汀子さんに聞きましたよ。そしてお母さんは若い頃は我南人のファンクラブの会長さんでしたからね。ここに来るのに反対をするはずもないでしょう。

勘一が、ちょっと首を傾げましたね。

「まぁ青の言うようにな、中古レコード売るのは前にもやったことはあるしな。いいんじゃねぇか？　なぁ紺」

うん、と紺も微笑んで頷きます。一応、研人は紺の息子ですし、芽莉依ちゃんは研人のガールフレンドですからね。

「人様が困っているのを助けることにもなるんだしな。芽莉依ちゃんもよ、そんな自分で全部やるとか堅いこと考えねぇでよ。毎日家に遊びに来る感じで通ってくりゃいいさ」

「あ、ありがとうございます！」

芽莉依ちゃん、やっと笑顔が出ましたね。

あらでも、反対に研人はあまり嬉しそうではありませんね。若干ですが渋い顔をしましたよ。どうしましたかね。

「それで？　中古レコードとかはすぐに持ってこられるのかい？」

「はい！　明日にでもすぐに！」

＊

夜になりました。蒸し暑さはそれほどでもありませんが気温の高さが残っています。今夜は寝苦しい夜になりそうですね。

我が家の縁側には夏には網戸が入ります。全部開け放して、あちこちで蚊やり豚の中で蚊取り線香を焚きますよ。コマーシャルではありませんが、我が家の蚊取り線香は金鳥と昔から決まっています。何故か勘一がこれじゃないと気が済まないんですよね。

わたしの若い頃は網戸などありませんでしたからね。虫などは入り放題だったのですが、今から考えるとなかなか凄いことでしたよね。

勘一と研人と紺がお風呂に入っています。居間ではかずみちゃんに藍子に花陽、青とマードックさんが冷たい麦茶などを軽く飲み、それぞれに部屋に戻る前の雑談をしていますね。亜美さんすずみさんは、かんなちゃん鈴花ちゃんと一緒にお部屋にいますかね。

「じゃあ、Maryちゃん、あしたから、まいにちくるんですね」

マードックさんが言います。その話をしていたんですね。

先程夕食前に芽莉依ちゃんのお母さんの汀子さんもやってきて、恐縮していましたよね。何でも一緒に行ってお願いすると言ったのに、これは絶対に自分一人でお願いしに行かなきゃならないことだと芽莉依ちゃん、頑張ったそうです。

「なんかね」

花陽です。

「思い出しちゃった」

「何を？」

藍子が訊きます。

「すずみちゃんが初めて家に来たときのこと」

あぁ、と、皆が頷きます。あれは花陽が小学校六年のときでしたから、もう五年も前になるのですね。

「思い出したっていうのは？」

かずみちゃんが訊くと、花陽がくすっと笑います。

「芽莉依ちゃんが、あのときのすずみちゃんみたいに押し掛け女房しにやってきて、研人があのときの青ちゃんみたいに、なんかびっくりしちゃって、あんまり嬉しそうじゃなくて」

「そうだったみたいね」

かずみちゃんはまだそのときは帰ってきてませんでしたからね。

青が苦笑いします。

「まぁあれはね。ああいう事情だったし、本当に俺もびっくりしたからでさ、研人もそうなんじゃないの？　嬉しくないんじゃなくて、どうしていいかわかんないからあんな顔になったんだよ」

「そうなんでしょうね」

藍子も頷きます。

「でも、Maryちゃん、むかしからせっきょくてきでしたよね。けんとくんの、そつぎょうしきのliveのきっかけ、つくったり」

「あの子はね、積極的なんじゃなくて、いざここだ！　っていうときの度胸があるんだよ。だって普段はとても大人しい子なんだもん」

花陽が言います。そうかもしれませんね。我が家で言うと、普段はおっとりしているのに、いざというときには突拍子もない行動に出る、藍子みたいですよね。

「あのときは、花陽はおもしろくなくてぶーぶー言ってたけど、今回もそうなの？　なんか研人に先を越されたみたいで」

藍子が少しからかうように言います。花陽は笑いながら、ぽん、と藍子の肩を手の甲で叩きましたよ。それはツッコミというやつですね。

「なにいうてまんねん、おかん。芽莉依ちゃんは私も大好きだから大歓迎だよ。でもねー」

花陽が首を傾げます。

「なにか、きになることがありますか？」

マードックさんが訊いて、花陽が頷きます。

「どうもね、芽莉依ちゃんらしくないなーっていうか、いや単なる勘なんだけど、あの二人何かを隠しているような気がするんだよね。すずみちゃんと青ちゃんがいろいろ隠していたみたいに」

「何を隠しているのぉお？」

いきなり縁側の方から聞こえてきた声に皆がびくっと身体を動かします。マードックさんなど麦茶を噴き出しそうになりましたよ。

網戸の向こうに大きな身体があります。

我南人ですね。

どうして毎度毎度この男は普通に玄関から帰ってこられないのでしょうか。しかもそこで話を黙って聞いていましたね。どうやったら皆に気づかれずにそんなふうに立っていられるのですか本当に。

「お父さん！　もう」

びっくりした藍子が胸を押さえて怒ります。

「ちょうどいいです。がなとさん」

「なぁにぃい、マードックちゃんぅ」

我南人がゆっくりと入ってきます。網戸は早く閉めてくださいね。蚊が入ってきますから。

「あしたから、〈Tokyo Bandwagon〉では、records も、うりはじめますよ。けんとくんと、Mary ちゃんが、がなとさんにもきょうりょくしてほしいっていってました」

「へぇええ？　レコードをぉ？　研人がぁあ？」

へえぇ、じゃありませんよ。あなたの得意分野なんですから、孫のためにもきちんと手伝ってあげてくださいね。

二

翌日です。

午後に宅配便でたくさんの荷物が届きました。ほとんど同時に芽莉依ちゃんもやって来ましたよ。今日は白い半袖のブラウスに赤いチェック柄のサブリナパンツですね。チヨーカーがドクロなのは、それはロックですかね。

「お邪魔します」

「おう、来たかい」

「よろしくお願いします」

芽莉依ちゃん、ぺこりとお辞儀をします。動きやすくするように縛ったのか、ツインテールの髪形も似合いますね。

午前中に棚の一部を動かしました。この古本屋の棚は創業当時からのものですけれど、実は可動式ですからね。あの当時にこんな仕組みを考えた初代の達吉さんは本当に優れた人だったのだと思います。そして実は以前にレコードも入れられるようにはめ込み式のものも作ってあったのですよ。物置から出してきて、研人が一生懸命にやっていましたね。そうして、我南人もせっかくだからと自分のレコードコレクションやＣＤの中からダブっているものや、あるいは自分のもの、売ってもいいものを出しておきました。

「まぁ全部でざっと四、五百枚てぇ感じかな。ちょうどいいぐらいじゃねぇかな?」

「はい」

荷物を開いて、勘一と芽莉依ちゃんが頷きます。

「せっかく自分でやるって考えたんだからよ。俺ぁ口を挟まねぇからさ、研人と二人で値札付けとか、ゆっくり好きにやりな。慌てる必要はねぇからさ」

勘一が優しく言います。芽莉依ちゃん、ありがとうございますと深々と頭を下げました。

「大じいちゃん、値札はこの赤のラベル使っていいんだよね？」

研人です。

「おう、そうだ。わかりやすいからな。足りなきゃ自分で印刷して切って作れや」

「了解」

自分で全部やりたいという芽莉依ちゃんのために、古い木製の机も蔵から出してきて棚の横に置いてそこを中古レコードの帳場にしました。もちろん金庫も置きます。ちょうどカフェと古本屋を繋ぐ通路のところですよ。まぁ何せ古いものだけはたくさんありますから、昔からそこにあったようにしっくりと馴染んでいます。

机に座って二人でレコードに値札をつけ、棚にどんどん並べていきます。

「我南人さんのレコードだけ、別の棚にした方がいいよね？　きっとファンの人が欲しがるから」

「あ、そうだな。じゃあＰＯＰも作って貼っておこう」

「ＰＯＰ？」

「ほら、こういう小さな紙にいろいろ書いて貼ってあるの。ＣＤショップや本屋によくあるだろ？」

あぁ、と芽莉依ちゃん頷きます。研人も古本屋の子ですからね。そういうことはさすがによく知っています。

いいですね。楽しそうにやっています。

でもあれですね。確かに花陽の言うように今一つ研人が乗っていないような気もしないでもありませんね。


「あれ？」

夕方になってお店にやってきた木島さん、ずらりと並んだ中古レコードとＣＤに眼を丸くしました。

「どうしたってんです堀田さん！　こいつぁ」

言いながら木島さん、何だかわくわくした顔をしていますよ。既に棚に眼を奪われています。そういえばそうでした、木島さんもロックな人間なのですよね。

帳場で勘一が苦笑します。

「そいつはな、かくかくしかじかで研人と芽莉依ちゃんがやりはじめたんだよ。今は休憩に出てるけどな」

「かくかくしかじかじゃあ何にもわかりませんが、とにかくこれは売りもんなんですね？　俺も買っていいんですね？」

「おうよ。どうぞお買い上げくださいってもんだ。その前によ、木島」

「はい」

ちらともこっちを見ませんね木島さん。もう手には数枚のレコードがありますよ。そういえば木島さん、我が家で古本を買っていったことはありませんよね。

「まぁ座れ。欲しいもんは取っといてやるからよ」

「あぁ済みませんね」

木島さん、頬も緩んで気もそぞろという感じですね。

「それでよ、木島よ」

「はいはい」

「祐円のところでの日取りはいつにする？　何だったら、誕生日にしちゃうってのはいちばんいいんじゃねぇか？　忘れることもなくておめぇみたいな男には便利でいいだろ」

きょとん、としますね。

「何の日取りですか？」

勘一がにやりと笑います。

「結婚式の日取りだよ。木島家と仁科家の結婚式」

「いやいやいや堀田さん」

「今さらじたばたすんじゃねぇよ。おめぇはともかく向こうは初婚なんだからよ。きっちりやんなきゃ男がすたるってもんだろうよ」

わたしもそう思いますよ。木島さん、ふぅうと息を吐いて身体が小さくなりました。それから、ピンと背筋を伸ばしましたよ。

「わかりやした。俺も男です。あいつの誕生日が九月の二十八日なんで、挨拶行ったりなんだりでちょうどいいんじゃないですかね」

「おう、そりゃいいな。涼しくなる頃で白無垢(しろむく)も着やすいだろうよ。よし決まった。祐円に電話しとくぜ」

九月の末ですか。いい頃なんじゃないでしょうか。楽しみですね。

＊

芽莉依ちゃんと研人の〈夏休み中古レコードフェア〉の棚はなかなか好評でして、毎日どんどん売れていきました。やはり我南人も自分のコレクションを少しばかり放出したというのが大きかったようですね。

普段の夏休みよりもたくさんの人が訪れてくれまして、お蔭様で古本屋もカフェもお客さんで賑わっています。

芽莉依ちゃんも喜んでいましたよ。この調子ならほとんどを売り切ったと、親戚の方に報告できそうだって。良かったですよね。

そんな中で、楽しみにしていた葉山への海水浴です。

脇坂さんご夫妻が浮輪やらゴムボートやらしっかりとたくさん詰め込んだ車で迎えに来てくれましたよ。

いろいろと協議の結果、かんなちゃんと鈴花ちゃんと裏の小夜ちゃん、そしてお母さんの玲井奈ちゃんにかずみちゃんにすずみさんが一緒に車で向かいます。それだけいれば、幼児三人の相手もばっちりでしょう。向こうでは龍哉さんにくるみさん、光平さんも一緒に遊びたいと待っていてくれるそうですから、ますます安心です。

花陽と愛奈穂ちゃんそして研人と芽莉依ちゃんは車に乗れませんので、四人で電車で向かいました。むしろその方が気心知れた若い子たちだけですから楽しいでしょうね。幼児たちはゆっくり一週間を向こうで過ごす予定です。その間に、亜美さんや紺、青などが電車で入れ替わり立ち替わりで行って子供たちの相手をしますよ。大体、いつもの夏の様子ですね。

ただ花陽たちはさすがに勉強がありますから、一泊だけして帰ってくると言っていましたよ。もう少しのんびりしてもいいように思いますが、まぁ本人たちの良いようにすればいいですね。

子供たちのいない家の中は静かです。

カフェはいつものように藍子と亜美さん、古本屋は勘一と青、マードックさんと紺がそれぞれに忙しいときを手伝います。何故か我南人もいますね。この男は居てほしいときには居ないで、居なくてもいいときに居ますよね。

居間に他に誰も居ないというのが不思議なのでしょうか。玉三郎、ベンジャミン、ノラにポコの四匹の猫たちが代わる代わるやってきては、あちこちを覗き回ります。にゃあと鳴きながら帳場に座る勘一のところへいくのはベンジャミンですね。誰もいないけど？　とでも言っているのでしょう。

犬のアキとサチは、あれですね。あんまり変わりませんね。時間になると、誰でもいいですからそろそろ散歩に行きましょうか、と古本屋やカフェに顔を出します。普段人に遊んで欲しいと騒ぐのは犬の方なのに、こういうときに騒ぐのが猫というのは不思議ですね。

「おじいちゃん」

夜も六時を過ぎた頃、藍子が古本屋に顔を出します。

「子供たちが誰もいないから、今晩は皆で〈はる〉さんに顔を出さない？」

「おう、いいんじゃねぇか？」

「じゃあ、電話しておくね。晩ご飯をよろしくって」

そうですね。こんな夜は一年に一、二回ですから。たまにはいいんじゃないでしょうか。

ご近所さんの小料理居酒屋〈はる〉さん。真奈美さんとコウさんがカウンターに立ち、青の産みの親である池沢さんがそこを手伝います。もうすっかりその体制が馴染んでいたのですが、真奈美さんのお母さんが入院してしまい、一人息子の真幸ちゃんがいることもあり、ここのところはずっとコウさんと池沢さんでお店を回してきましたよね。もちろん、忙しいときには、我が家で真幸ちゃんを預かることもありました。ご近所さんですから呼ばれればすぐに行けますからね。

暖簾をくぐってカラカラと音をたてる格子戸を開けると、今日は真奈美さんもカウンターにいましたね。

「いらっしゃい」

「よぉ、済まねぇな大勢で」

「いえいえ、歓迎です」

コウさんが笑顔で出迎えてくれます。勘一に我南人、藍子に亜美さんに紺に青にマードックさん。小さなお店ですからこれだけ入るとほとんど満員になってしまいます。時間も早いですから貸し切りですね。

「真幸は二階か？」

勘一が訊きます。名付け親ですからね。

「大丈夫。寝ているし、起きたり泣いたりしたらちゃんとセンサーでわかるから」

真奈美さんが言います。最近は便利なものがありますよね。その気になればモニターで常に観察することも簡単にできるのですよね。

「今日は穴子が入っているので、それを天ぷらにして丼にします。お菜は、米茄子のあんかけやオクラを豚肉で巻いたものなど。それとアスパラなど美味しい夏野菜が入っていますので夏野菜カレーも作りました。何でもお好きなものを」

「カレーか、いいね」

青が喜びます。この子はいつまでもお子様のようなメニューが好きですよね。それにしても美味しそうなメニューばかりです。

「俺は穴子だな。まぁ後は適当に頼むぜ」

「了解しました」

コウさんが頷きます。

「それで、研人くんはどうなの。二代目押しかけ女房の芽莉依ちゃんと海水浴ですって？」

真奈美さんが嬉しそうに言います。

「二代目って」

青が苦笑します。

「初代はすずみちゃんか。確かにそうだな」

「でもぉお、母さんもぉ、押しかけみたいなものだって親父は言ってたねぇえ」

「あ？　言ったか俺」

まぁそんなこと言ったのですか。確かにわたしは初めてお邪魔したその日にいきなりお嫁さんという話になってしまいましたけど、決して押しかけたりはしていませんよ。

「案外研人くんって結婚が早そうな気がするなぁ」

「そう考えると花陽は遅いかもしれないな」

真奈美さんと紺ですね。勝手なことばかり言ってると後で怒られますよ。コウさんが次々に美味しそうな皿を出してくれます。皆が舌鼓を打ちますね。

「それで、皆さん」

池沢さんが口を開きます。

「私、そろそろ本格的に真幸くんのベビーシッターになろうと思いまして」

「うん？」

皆が池沢さんを見ます。真奈美さんも頷きました。

「母のその日が近いのはわかってるし、真幸も動き回るようになってくるし、中途半端にしているとまずいなって思って。私はできればお店に立っていたいから相談したら、池沢さんがぜひって」

「そうかい」

勘一が頷きます。池沢さんも〈藤島ハウス〉に引っ越してもう五、六ヶ月経ちますよね。今までも池沢さんが真幸ちゃんを自分の部屋まで連れてきて面倒を見ることは何度かあったのですけどね。

「じゃあ、池沢さんをお店で見ることも、だんだん少なくなるってことですね」

亜美さんが言います。

「真幸くんが一人で、この家の二階で過ごせるようになるには五、六年掛かりますよね」

池沢さんが言います。そうですね。小学生になれば、淋しくなったら下りてくればいいだけの話ですからね。

「それまで、できるだけ、真奈美さんをサポートしていきたいと思ってます」

「よろしくお願いします」

真奈美さんとコウさんが少しおどけて、礼をします。もうきちんと三人で話し合われていたのでしょう。

「じゃあ、あれだよ」

青です。微笑みながら言います。

「一人で部屋で赤ちゃんの面倒を見てるっていうのも何だからさ、頻繁にうちに来ればいいんだよ。ほら、年下がいるっていうのは鈴花とかんなの情操教育にもいいからさ」

「ありがとう、青さん」

池沢さん、こくりと頷きます。それはとても良いことですよ青。勘一もにっこり笑って、うん、と言いますね。

「ま、ガキはよ。大勢の中で育てば強くなっていいさ」

池沢さんは自分の中でいろいろと折り合いを付けながら、わたしたちの傍で暮らしているのでしょう。それを青も、皆もわかっていますよね。

それにしてもいちばん気を遣わなければいけないはずの我南人がただニコニコしているだけなのは困ったものなのですがね。

「あれ？」

携帯を取り出して画面を見ていた藍子が変な顔をしました。

「どうしたんですか？」

亜美さんです。

「花陽たちがもうそろそろ家に着くからねってメール」

「え？」

皆が首を傾げました。

「なんで？」

「わからない。皆、ちゃんと家にいてねって書いてあるの」

どうしましたかね。

今日は皆で一泊するはずでしたよね。

＊

食事を終えてぞろぞろと家に戻ってきました。

さて、じゃあお茶でも飲んでと皆が居間でのんびりしているところに、玄関が開いて帰ってきましたね。花陽と研人です。どうやら愛奈穂ちゃんも芽莉依ちゃんも一緒ですね。

「お帰りー」

皆で居間で出迎えましたが、明らかに何かがあった雰囲気ですね。

しかし怪我をしたとかそういうことではなさそうです。皆がお互いの顔を見合って、さてこれは何だろうどうしたものだろうと考えていますね。

「えーと」

意外な人が口火を切りました。マードックさんです。ここは花陽の継父として訊くべきかと思いましたかね。

「かよちゃん、どうしました？　なにか、ありましたか？」

花陽が、こくんと頷きます。

「まずは、愛奈穂ちゃんと芽莉依ちゃんを送っていかなきゃならないんだけど、おじいちゃん頼める？」

「オッケーだよぉお」

我南人です。

「僕が二人を送っていくねぇえ。大丈夫だよぉ心配しないでぇ、話をしててねぇ」

我南人が愛奈穂ちゃんと芽莉依ちゃん、二人の肩に手を掛けてにこにこしながら言います。花陽がそう言ったってことは、ひょっとしたら我南人にはもう既にメールで事情を説明したのでしょうかね。

「じゃあね、花陽ちゃん」

愛奈穂ちゃんが小さく手を振ります。

「うん、ごめんねメールする。芽莉依ちゃん」

「はい」

「大丈夫。何も心配しないで」

花陽は芽莉依ちゃんをぎゅっ、と抱きしめてあげています。芽莉依ちゃん、こくんと頷きましたが、泣きそうな瞳をしています。皆がますます困惑していますね。

「じゃあぁまたねぇえ」

こういう場での我南人のお気楽な声は本当に困ったものですね。玄関の方から「ご飯食べたぁあ？」などという声が響きます。まぁきちんと気を遣えるとは思いますから放っておいて大丈夫でしょう。

花陽が、すとん、と座りました。それを見て、研人も腰を下ろしました。何か研人は明らかに不貞腐(ふてくさ)れているというか、何というか。

花陽が話し出します。

「芽莉依ちゃんがね」

「うん」

皆が頷きます。

「急に泣き出しちゃったの」

「泣き出した？」

「『研人くんと一緒に高校へ行きたかった』って、泣き出したの。私、びっくりしちゃって、大丈夫だよ今からでも研人を仕込んで芽莉依ちゃんの高校受けさせるからって言ったんだけど、芽莉依ちゃんは違うって」

「違う、ってのは、何が違うんでぇ」

勘一が眼を細めます。

「こいつね」

花陽が研人を見ました。

「高校へ行かないって。受験しないでイギリスへ、ロンドンへ行くって。ミュージシャンになるんだって芽莉依ちゃんに言ったんだって」

勘一の右眼が細くなりました。亜美さんの大きな眼がさらに大きくなります。紺は静かに研人を見ています。

「けんとくん」

マードックさんが何か言いかけましたが、研人が口を開きました。

「高校ってさ、行かなきゃダメ?」

少し早口で、少し大きめの声で研人が言います。

皆を、見回しました。

「イギリスに行きたいんだ。ロンドンでもっともっとすげぇロックに浸りたいんだ。ロンドンだけじゃなくてニューヨークも行きたいしロスにも行きたいし。とにかく、もっともっと音楽をやりたいんだ。これから高校に通ってくそおもしろくない勉強を三年間もするのが、めんどくさいって思うんだ。もったいないんだ」

真剣な口調です。眼が真剣です。少し潤んでいるかもしれません。

これは、本音ですね。本気で考えていますね。

「それって、ダメなこと?　考えちゃいけないことかな!?」

「研人」

　亜美さんが口を開きました。

「わかってる！」

　右手を広げて亜美さんに向けます。

「ワガママ！　それはわかってる。そして高校に通うことだって大事なことだって言うんだろ？　何にもできない子供が何言ってるんだって言うよね？　ぜーんぶわかってる。でもさ、そう思っちゃったらさ、止めれないのも母さんだってわかるよね？　ロック演ってたんだもんね？」

　亜美さん、思わず顔を顰めました。そうですね。亜美さんも高校時代はガールズバンドでドラムを叩いていた人ですからね。

「オレさ、うぬぼれてないよ？　そんな気はないよ？　でもさ、お金は入ってるじゃん。印税、けっこう入ってくるよね？　それは将来の自分のために使っていいお金だって皆言ってたよね。それを使って、中学を卒業したらロンドンに行って一人で暮らしたいっていうのは、本当にダメなことかな？　ミュージシャンになりたいから、ロックをやりたいから、今からそうしたいっていうのはダメかな？」

　皆が、研人の話をじっと聞いていました。

　わたしにも、覚えがありますよ。こういうときの男の子には、何を言ってるんだ馬鹿野郎と頭ごなしに怒鳴ったところで反発するだけです。何を言っても決して耳には入りません。

　藍子は小さく息を吐いて、でも少し微笑んで亜美さんを見ました。

　研人の母親である亜美さんは唇を結んで、研人の父親である紺を見ました。

　勘一も、青もマードックさんも、言いたいことはもちろんあるでしょうけど、ここは紺に最初に言ってもらわないと、話が進みませんね。

　紺は、じっと研人を見ていました。

「研人」

　研人は、下を向いています。

　きっと、ずっと考えていたんでしょうね。そして、いつ言ったらいいかと悩んでいたのかもしれません。本気の思いを吐き出した後は、一人になりたくなるものです。この場から自分の部屋に駆け込まないだけ立派なもんですよ。

「研人、お父さんを見ろ」

　言われて、ようやく顔を上げました。紺は微笑みます。

「お前の好きなようにすればいいよ」

「え？」

　研人が眼を丸くします。

「いいの？」

いいい、と、紺は頷きます。

「子供の我儘を聞いてやるのも親の務めだ。っていうか、お父さんも、親父に言われた。

『君の好きにやりなさいねぇえ』って」

そうですね。でも我南人は皆にそう言いますよ。

「でもな、研人。ひとつだけ約束してくれ」

「なに？」

「皆の話をちゃんと聞いてくれ」

「皆の？」

そうだ、と、紺は頷きます。

「家族の皆は、お前のその決断にいろんなことを言いたい。そしてお前の思いをもっと聞きたい。だからこれから、皆がお前と話をしたがる。それを面倒臭がらずに、真面目にきちんと聞くんだ。そして、聞くだけじゃなくて、言われたことをちゃんと考えるんだ。そうしてくれるなら、お父さんは何も言わない。お前のしたいようにさせる。そもそも、お前の将来はお前が決めることだ。いいな？」

勘一が、眼を閉じて腕を組み天井の方に顔を向けています。藍子と亜美さんは小さく息を吐きました。青とマードックさんは、少しばかり笑みを浮かべて研人を見つめています。

研人は、こくんと頷きました。

「わかった」

静かな空気が居間に漂っています。愛奈穂ちゃんと芽莉依ちゃんを送っていった我南人は別にして、研人以外の皆がまだ座卓についているのですが、誰も何も言わずに麦茶を飲んだり考えたりしています。

勘一が煙草を吹かし、その煙が蚊取り線香の煙と一緒に庭の方へ流れていきますね。外からは虫の声が聞こえてきます。あまりにも居間が静かなので、どこかにいた猫たちが様子を見に来ましたね。縁側からポコとノラが並んで覗いていますよ。玉三郎とベンジャミンは、仏間の座布団の上でやはりこちらを見ていますね。でもこういうときに犬は眠っているのですよね。おもしろいものです。

「芽莉依ちゃんは、いろいろ考えたんだって。研人を引き止めるのにはどうしたらいいのかって」

花陽が言います。

「そこに親戚の話が降って湧いたようにあったから、じゃあ！　ってレコードの話を持ってきたってわけだ。本当に行動力あるよなぁ」

青が何故かにこにこして言いました。

「でも、きっと思い出作りって考えもあったんじゃないかなぁ。説得しようとは思ったけれど、きっと無理かもしれないって」

藍子が言います。

「ありがたいなぁ。息子をそんなに好いてくれて」

「喜んでる場合じゃないでしょうあなたは」

紺に亜美さんが言います。確かにそうですね。

勘一が、急に楽しそうに笑いました。

「どしたの、じいちゃん」

青が訊きます。

「いやぁ、つい楽しくなっちまってよ。久しぶりに自分の将来がどうのこうのって騒ぎを聞いたもんでな」

そう言ってまた笑います。

「そういや、そうだね。最後の騒ぎは青だったもんな。もう十年以上も前の」

紺が言って、青がいやいやと手を振ります。

「俺はそんなに騒がなかったでしょ。せいぜいが古本屋なんか継がねぇよ！　って叫んだぐらいで」

皆が笑いました。そんなこともありましたね。藍子が感慨深げに言います。

「あの小さくて可愛かった研人も、そんな年になっちゃったのねぇ。亜美ちゃん」

「もう、本当に」

亜美さんが、形の良いおでこに手を当てました。

「頭が痛いわー。さぁどうやって説得しましょ。花陽ちゃんみたいに頭が良ければいいのにあの子は本当に」

「えー私はそんなに良くないよ。むしろ、単純な頭の良さだったら研人の方が上だと思う。あいつ、何にも勉強しなくても国語とか英語とかすごい成績良いもんね」

「あぁ、そうね」

藍子も頷きます。確かにどちらかといえば花陽は努力型、研人は天然型かもしれませんね。紺と亜美さんが親なんですから頭の良さという資質はあると思いますよ。

「まぁ、あれだ」

勘一が言います。

「焦る必要はないわな。紺が言ったように、皆が話をしてやれ。そして聞いてやれ。せいぜい研人に悩ませてやれや。悩んで大きくなるのが人間ってもんだ」

*

花陽が二階に上がっていきました。研人はどうしたかと様子を見にわたしも上がってきたのですが、花陽がそのまま研人の部屋の前に立ちましたね。

「研人」

「うーん？」

「入るよ」

「どうぞー」

ドアを開けて入っていきます。研人はベッドに横になって天井を見上げていました。さすがにギターを弾く気にはなれませんでしたかね。

「芽莉依ちゃんをどうするの？」

「どうするったって」

研人が唇を尖らせます。

「ロンドンに連れて行くわけにはいかないしさ」

「一緒の高校に行ってあげたって、日本で三年間高校に通ったって、ロンドンは逃げないと思うんだけど」

そうですね。確かにそれもそうです。

「研人さぁ」

花陽が腕組みしました。

「あんたさ、女の言うことを、望みを叶えちゃうのは、聞いちゃうのは恥ずかしいとか思ってない？」

研人は、黙って唇を嚙(か)みました。

「あんたが尊敬するおじいちゃんなんか、いっつも『LOVEだねえ』って言ってるんだよ？『男の生きるエネルギーはぁあ、いっつも女へのLOVEなんだよぉお』とかなんとか言ってるよ？」

その通りですね。そんな言葉を以前に聞いたような気がしますから。それにしても花陽は我南人の真似が上手いですね。

研人は、これはちゃんと考えている顔ですよね。花陽もそれがわかったんでしょう。小さく息を吐いて微笑みます。

いとこ同士ですけれど、生まれたときからずっと一緒に育ってきた二人。花陽は研人を弟と思い、研人は花陽を姉と思っています。気持ちは、それぞれに伝わってきますよね。

「好きなようにやるといいよ。研人」

研人が花陽を見ました。花陽はまたにっこりと微笑みます。そういう顔をすると本当に藍子にそっくりです。

「私はここにずっといて、お医者さんになって、皆の健康を守ってあげるから。あんたはどこにでも行っちゃっていいよ」

「うん」

「でも、大じいちゃんもじいちゃんも紺ちゃん青ちゃんも、きっとおんなじことを言うと思うよ。『てめぇにとって大事なもんを忘れるんじゃねぇぞ』って。だから、それだけ忘れないようにね」

「うん」

研人が頷きます。

「わかった」

「私は、あんたを応援するから」

花陽が研人に向かって右手の平を広げました。研人が起き上がって、照れ臭そうに笑って、そこに右手の平を打ちつけます。

パン！　といい音がしましたよ。

三

あれから五日が経ちました。

お蔭様で芽莉依ちゃんと研人が並べた中古レコードと中古ＣＤのコーナーは大好評で

して、もうほとんどの品が売れてしまったんですよ。残っているのはあとＬＰレコードが数枚にシングルレコードが十数枚、ＣＤももう十枚もありません。

研人の話では、今はまたＬＰレコードというものが少しずつ売れているそうですね。ミュージシャンの方でも、新しいアルバムを出すときにわざわざアナログのＬＰレコード盤を出す方も多いとか。やっぱり良いものは時代を超えて残っていくものだと思いますよ。

すかすかの棚をそのままにしておいても見栄えが悪いので、夏休みの中古レコードフェアはこれで終了となりました。残ったものはまとめて芽莉依ちゃんの親戚の方に送り返すために、段ボール箱に詰め込んでいます。

芽莉依ちゃんと研人、二人でその作業をして、それから棚を元に戻したり、すずみさんが古本を本棚に戻す手伝いを黙々としてくれました。

勘一や紺、皆がその様子をちらちらと窺っていました。てっきりもう芽莉依ちゃんは来ないかと思ったのですが、何事もなかったかのように通ってきましたよね。いろいろ心配したのですが、普通に会話もしていました。

別に喧嘩をしたわけではないですからね。あれなんですけど、やはり二人の間にちょっとした秋風のようなものが流れているような気がします。いいえ、まだまだ夏は続くのですが。

　あら、いつの間にかカフェでは藤島さんと木島さん、仁科さんが三人でテーブルについていましたね。お仕事の打ち合わせですか。

　話は聞いているのでしょうね。研人と芽莉依ちゃんの様子を気にしているようです。ちょうど他のテーブルのカップを下げに来た亜美さんを、藤島さんが呼びました。

「その後、どうなったんですか？」

　小声で訊きましたね。亜美さん、苦笑いします。空いていた椅子にちょっと腰掛けました。

「どうもこうも、とにかく研人の思うままにさせるしかないんで、皆がそれぞれに話をしています。研人も別に怒るわけでも家出するわけでもなく、話を聞いてますよ」

「しかし、あれでしょう？」

　木島さんです。

「あの年頃の男はバカですぜぇ。思い込んだらもうそれしか見えませんからね」

　仁科さんが木島さんの腕を叩きました。

「バカだなんて失礼な」

「いえいえ。本当にそうなんですよ。木島さんも藤島さんも覚えがありますか？」

　二人で顔を見合わせ頷きます。そういうものなんでしょうね。

「でも、じゃあやっぱりイギリスに？」

藤島さんが言うと亜美さんは首を傾げます。

「私としては、日本の高校には行かせるつもり。でも親の言うことなんかたぶん聞かないから。そうしたらね、お義父さんが任しておけばいいよぉおって」

「我南人さんがですか」

亜美さん、小さく頷きます。

「お義父さんが言うのには『家族でいちばん遠くて、でも研人に近い人に頼むからぁ』って」

藤島さんも木島さんも、仁科さんも首を捻りましたね。そうなんですよ。あの男はそんなことを言っていたのですがね。一体何をどうするのかさっぱりわかりません。


芽莉依ちゃんと研人の作業も終わって、古本屋の棚も元通りになりました。お疲れさまでしたね。

そろそろお昼時になります。また芽莉依ちゃんも一緒にお昼ご飯を、お疲れさん会として皆で食べればいいと思っていたのですが、マードックさんが二人を呼びましたね。

「なに？」

「けんとくん」

マードックさん、にこりと笑って言います。

「きょうこれから、ぼくといっしょに、でかけましょう」

「マードックさんと？」

　研人が、きょとんとします。

「どこへ？」

「それは、おたのしみです。ぜひ、いきましょう。いかなきゃなりません。Maryちゃんもいっしょにいきましょう」

「わたしも？」

　芽莉依ちゃんも眼を大きくしました。さて、どこへ行くのでしょう。気になるので一緒についていきましょうね。

　マードックさん、いってきますと皆に声を掛けて家を出ると、そのまま研人と芽莉依ちゃんを連れて、駅から電車に乗ります。

「どこへ行くのさ」

「つけば、わかりますよ」

　マードックさん、にこっと笑って教えてくれませんね。

　わたしはもちろん電車に乗ることができますが、満員電車ですと弾き出されてしまう場合もあります。今日は大丈夫。充分わたしが乗っていられるスペースがあります。

　さて、どこまで行くのでしょうか。

「ここ？」

研人が声を出しました。やってきたのは〈東京国立博物館〉ではありませんか。懐かしいですね。わたしが前に来たのはいつでしたっけ。

「きたこと、ありますか？」

「小学校のときに、遠足で来たよな？」

研人、芽莉依ちゃんに訊きました。芽莉依ちゃんも頷きます。

「なにか、おぼえていますか？」

マードックさんに訊かれて、研人は首を捻りました。

「あんまり」

「ですよね」

うん、とマードックさん頷きます。

「しょうがくせいのころなら、たぶんほとんどのこが、そうです。こういうところにきても、あまりなにもおぼえていません。でも、けんとくん、いまは、そのころとちがいます。りっぱな、musician です」

「ミュージシャン？　オレが？」

こくりと、マードックさん微笑みながら頷きましたよ。

「けんとくん、やくそくしてください」

「なにを？」

マードックさんの表情が変わりました。

真剣な顔になりましたね。

「ふだんのぼくは、けんとくんといっしょにくらす、ただのあいこさんのだんなさんのMurdochです。かぞくのいちいんです。でも、そこをいっぽ、はなれれば、ぼくはartistです。きみと、おなじです」

研人の背筋が伸びました。顔つきも変わりました。真剣な表情でマードックさんを見ます。

これはきっと、マードックさんの気配を察したのだと思いますよ。マードックさん、身に纏(まと)った空気が変わりましたからね。

「ぼくはこれからartistのMurdochとして、きみにせっします。めんどくさいとか、そういうかんかくをすててください。いっぽなかにはいったら、すごいliveをきくとき、えんそうをするとき、きょくをつくるとき、そういうときのかんかくで、musicianとして、なかのものをみてください。いいですか？」

研人、こくりと頷きました。

「わかった」

芽莉依ちゃんが、心配そうな顔つきでそっと研人に近づきましたね。大丈夫ですよ。マードックさんが先に立って、博物館の中に入って行きます。博物館や美術館というのは本当に何時間居ても飽きませんよね。

世の中の素晴らしい芸術作品や、滅多に見られない貴重な品々、そういうものがほんの何百円とかで見られるのですよ。こんなに素晴らしいところはないと思います。もちろん、古本屋もそうなのですけれどね。わたしは美術館博物館と古本屋は同じだと思っていますよ。

マードックさん、どうやら研人に見せたいものがあるようですね。様々なものには眼もくれずにまっすぐに歩いていきます。

そうして、ある展示のところで足が止まりました。

「けんとくん、みてください。ちょうどいま、とくべつてんやっていてよかったです。それもきっと、timingというものだったんですね。あれが、ぼくが、かんどうした、にほんの、え、です」

真っ直ぐに研人がそれを見つめました。

これは尾形光琳の〈風神雷神図屛風〉ですね。

十八世紀、江戸時代に描かれたもので重要文化財になっているはずです。以前に一度だけ見たことがありましたが、まぁこうしてまた見られるとは良かったです。

研人が、身じろぎ一つしないで、じっと〈風神雷神図屛風〉を見つめています。その眼差(まなざ)しは、真剣そのものなのですが、どう言えばいいのでしょう。曾孫曩屓のつもりはありませんが、何かを感じさせる瞳だと思います。我南人も、よくこういう瞳をしていますよ。今、研人は何を感じているのでしょうね。

マードックさんは、研人から少し離れて横に立って、絵を見つめる研人を見ています。隣にいた芽莉依ちゃんが何かに気づいて、一歩下がりました。でも、研人はそれに気づかず絵を見つめ続けています。

研人の隣に、すっと誰かがやってきて立ちました。金髪です。外国の方ではありませんか。

あらっ、この方、我南人をワールドツアーに連れていった世界的なミュージシャンのキースさんじゃないですか？

イギリスで研人が随分お世話になりましたよね。さらにそのキースさんの横に我南人が並びました。どうやら我南人が連れてきたのですね。でも、イギリスから、いえアメリカからわざわざいらしたのですか？

四人の、年齢も国籍もバラバラな男たちが一列に並んで、絵を見つめています。研人はまだ気づかないのでしょうか。

余程集中しているのでしょう。

「ロックだねぇ」

我南人が絵を見つめながら呟くように言いました。

そこで初めて、研人は隣に立っている我南人とキースさんに気づいたようです。

「あれっ!?」

ちょっと大きな声が出て、慌てて自分で自分の口を塞いでいました。それはもう、びっくりしますよね。

「Yes. The rock! It's out of this world」

キースさんは真っ直ぐに絵を見つめて、指差しながら研人に言います。日本語にすると「最高の逸品でロックだぜこいつは！」って感じでしょうか。

外のお庭に、皆で出て来ました。中ではお話ができませんからね。キースさん、強い陽差しにサングラスをかけました。そうでもしないとファンの方に見つかったら大変ですよね。

『また会えて嬉しいぜ我南人の孫』

ニカッと笑って、キースさん研人をぎゅっと抱きしめます。それから芽莉依ちゃんも抱きしめましたよ。

『メリー？　なんて可愛いんだ！　研人が羨ましいぜ！』

芽莉依ちゃん、身体を硬くして眼を白黒させてますよ。外国の方の挨拶に慣れてないですからね。

そうして、キースさん、ポケットに手を突っ込んで中からキーホルダーを出しました。

あら、可愛らしいですね。これはギターピックの形のキーホルダーです。でも、ひょっとしてそれは銀製ではないですか。ちょっとばかりお高いのではないでしょうか。しかも〈Keith〉と刻印されていますね。

鍵がついたそのキーホルダーを研人に差し出しました。

『これは？　なに？』

研人が受け取りながら訊きます。それぐらいの英語は中学生でもできますよね。

『ロンドンの俺の家の鍵だ。好きなときに来て好きなように遊んでいけ。でもな研人、来るときには日本の話をたっぷりとして俺を楽しませてくれよ。それが宿泊料だ』

キースさん、そう言って笑って研人の肩を叩き、去って行きます。マードックさんがきちんと訳していましたよ。

「じゃあねぇえ、マードックちゃん、あとよろしくねぇえ」

我南人が言います。

「研人ぉ」

「なに」

「LOVEだねぇ」

　ニカッと笑って言います。あなたは今回はこれで退場ですか。そのままさっさとキースさんと一緒に歩いていってしまいました。

　マードックさん、にっこり笑って研人の肩に手を置きます。

「やっぱり、Keithさん、はくりょくがありますね。がなとさんもまけてないですけど」

「うん」

　研人が立ち去る二人の背中を見ながら、頷きます。まだまだあなたは足元にも及ばないですけれど、それはしょうがないことですからね。重ねた年輪が違うのですから。

「けんとくん」

　マードックさんを研人が見ます。隣で芽莉依ちゃんもじっと話を聞いています。

「みるまえにとんでみる。それも、わかさです。わかいときにしかできないことです。だから、きみが、こうこうにいかないで、Londonにいくのも、ぼくははんたいしません。ぼくのとうさんかあさんのいえがありますからね。ひとりぐらしできるようになるまで、そこにいたっていいんです。いつでもいけます」

　確かにそうですね。去年でしたかね、遊びに行ったのは。

「でも、ですね。けんとくん」

「うん」

「じぶんのうまれたくにのよさをしらないと、がいこくのよさもわかりません。じぶんのくにのすばらしさをしったひとは、とてもとてもつよくなるとおもいます。それは、きっとけんとくんの、さいのうをずっとずっとのばすとおもいます。きょうは、ぼくは、それをいいたかったんです。かんじてほしかったんです。けんとくんに」

マードックさんがそう言って、研人は、うん、と大きく頷いていましたよ。

「あれ、凄かった」

「うん？」

「風神雷神の絵。今まで、そんなこと考えたことなかったし、感じたこともなかった。日本の古いものからロックを感じるなんて」

「そうですね」

マードックさんがにっこり微笑みます。

「ぼくが、あのえから、かんじるものはrockじゃないですけれど、けんとくんは、そうかんじたんでしょう。それは、きっとおなじものです。だいすきなものです。ぼくが、ずっとずっと、にほんにいるきもち、にほんのものがだいすきなきもち、わかってもらえましたか？」

「わかる。うん、わかった」

研人が笑いました。

「オレさぁ、今までマードックさんの作品ちゃんと見たこと全然なかった。帰ったら、見る。見せて」

「もちろんです。でも」

マードックさん、博物館の方を見ました。

「あそこにあるものには、ぜんぜん、かないません。ぼくも、ずっとずっと、しぬまでべんきょうしてるんですよ」

そうですよね。それが、アーティストというものなんですよね。

「芽莉依さ」

「はい」

研人がちょっと恥ずかしそうに笑って首を傾げます。

「とりあえず、勉強教えて。受験までに間に合わせなきゃ」

あら、そうですか。

「うん!」

芽莉依ちゃん、嬉しそうに微笑みました。いい笑顔ですね。

*

マードックさんが帰ってきましたよ。研人と芽莉依ちゃんはそのまま芽莉依ちゃんのお宅へ行ったそうですよ。さっそく勉強でもするのでしょうか。

「ただいま、もどりました」

「おう、ご苦労さん」

帳場で勘一が出迎えます。我南人がマードックさんに頼んで研人を連れ出したのはもう皆が知ってますからね。さてどうなったかと勘一と紺と青が居間に集まりました。あぁ、藍子に言われて亜美さんも来ました。

我南人は一足先に帰ってきていましたけど、キースさんはどうしたのでしょう。ホテルででも休んでいるのですかね。

博物館に行って、キースさんが来て、何かを感じてもらって、研人は日本の高校へ、芽莉依ちゃんと同じ高校へ行くと決めたことをマードックさんが報告しました。

「キースだぁあ?」

勘一が眼を丸くして、我南人を見ましたよ。

「おめぇが呼んだのか。キースを」

「そうだねぇえ」

「そうだねぇえ、ってお義父さん」

亜美さんもあたふたしてます。

「でもぉ、別にこのためにじゃないよぉお、前から日本のロックフェスだ観たいって言ってたから今回遊びに来るって決めてたんだぁ。ちょっとだけ早めに来てもらっただけだねぇ」

「何とまぁ」

「びっくりだよね」

紺と青です。特に紺は驚きますよね。以前に一度ロンドンで研人は会っているとはいえ、自分の息子のために世界的なミュージシャンの方が、ですから。

「『ここにはロックがある』ってさぁ。キース、言ってくれたよぉ研人にぃ。きっとわかってくれたんだねぇ」

勘一が呆れた顔をして、でもそれから頷きましたね。

「まぁあれだ。おめぇからたっぷり礼を言っておいてくれや。ありがとなってな。何だったら飯でも食いに来いやって」

「わかったねぇえ」

本当に申し訳ないことですよね。もちろん、我南人の出るロックフェスなど、日本の暑い夏を楽しんでくれるのでしょうけど。

「マードックさんも悪かったね。わざわざ」

紺が言って、亜美さんも頭を下げました。

「なんてこと、ないですよ。ぼくも、たのしかったです」

「子供ってさ、身内に言われると素直に聞けないんだよな。特に息子は父親の言うことなんか聞きやしない」

紺が言います。

「覚えがあるよ俺にも」

青が苦笑いします。覚えがありすぎですよね青なんか。

「そうだねぇえ。僕もそういう時期はあったからねぇえ」

男の子がいちばん最初にぶつかる壁は父親だと言いますね。

「まぁあれだ」

勘一が頷きます。

「研人も馬鹿じゃねぇ。いろいろちゃんと考えての結論だろうさ。良かったんじゃねぇか？　芽莉依ちゃんを泣かせずに済んで」

「そうだね」

紺が、満足げに頷いて微笑みます。父親としては息子のそういう成長がいちばん嬉しいのじゃありませんかね。

「ただね、じいちゃん」

「おう」

「解決しなきゃならない、これまでにないほどの、大きな問題があるんだ」

「なんだよおい。何があったよ」

勘一が心配そうな顔をして、そうして紺が真面目な顔をします。

「芽莉依ちゃんと同じ高校に行くのには、あいつの成績は絶望的と言わざるを得ないんだ」

あちゃあ、と皆が顔を顰めます。

もうそれは本当に、何とか頑張ってもらうしかないですね。

＊

勘一が仏壇の前にどっかと座りましたね。

どうしましたか。おりんを鳴らして、手を合わせてくれます。

「なぁサチよ」

はい、何でしょうか。

「おめぇは前に言ってたよな。研人は大人しい紺の息子だから、きっと反対にとても元気な、ひょっとしたら世界中を飛び回るような男の子になるってな」

あぁ、そうでしたね。そんな話をしたこともありましたね。

「なんだか将来はその通りになるかもしれねぇな。まぁでも男だからそんなんでもいいってもんだよな」

その通りですよ。我南人みたいにあんな年になってもふらふらしているようでは困りますけどね。

なんです、にやにやして。随分嬉しそうですね。

「済まねぇなぁ俺ばっかりよ、曾孫がおっきくなっていくのを楽しんじまってよ」

大丈夫です。わたしもここでこうして楽しんでいますから。

「まぁせいぜい土産話をよ、たくさん仕込んでいくから、もう少しそっちで待っててくれねぇか。そっちに行きゃあ今度は今までよりもなげぇ時間ずっと一緒にいられるんだろうからよ。嫌（いや）ってぐらい話をしてやるからよ」

はい、楽しみにしていますよ。どうぞ、たっぷりと長生きして孫や曾孫の行く末を見届けてください。でも息子の我南人よりは先にこっちに来た方がまぁいいかなとは思いますけどね。

あら？ 研人ですね。お腹が空いてお菓子でもつまみに来ましたか。

「大じいちゃん」

「おう、研人。どうした」

「大じいちゃんこそなにやってんの」

研人が仏間に来て、とん、と勘一の横に座りました。ぽん、と軽く手を合わせてくれます。

「なに、ちょいとばあさんにいろいろ報告してたのさ」

「ふぅん。ねぇ、大じいちゃん」

「なんだ」

「オレね、ちっちゃい頃さ、大ばあちゃんを見たことあるんだ。死んじゃってから」

勘一が、ひょいと眉を上げて小さく笑みを見せました。

「そういやぁ、まだ幼稚園に上がる前か、そんなこと言ったことあったなぁ」

「あれ、嘘じゃないんだ。そんときは本当に見えたんだよ」

「そうか、ばあさんいたか」

「そのときさ、大ばあちゃん幸せそうにさ、にこにこ笑ってたよ。だから、きっと今でも大ばあちゃん、にこにこしてると思うよ」

「おう、そうだな」

そうですよ。わたしはここでいつも、あなた方を笑って見守っていますよ。

「研人よ」

「うん」

「俺ぁどうせあと何年かしたらサチのところへ行く身だ。これからの時代はおめぇたちのものだから、好きにやれや。でもよ、もうちょいと親の傍にいてよ、苦労させてやれや。苦労させるのも親孝行ってもんだぞ」

研人が苦笑いしますね。

「わかったよ大じいちゃん」

うん、と勘一頷きます。

「さて、俺ぁ寝るぞ。おめぇもギターばっかり弾いてねぇで早く寝ろよ」

立ち上がって研人の頭をごしごしと撫でて、勘一が歩いていきます。

あら、研人が勘一の姿が見えなくなったのを確認してから、わたしの方に向き直りましたね。

わたしの姿が見えていたんですね。研人はニコッと笑ってピースサインを、いえ、これは右手の親指と人差し指ですから、Lサインですかね。わたしに向けたあとにバイバイと手を振ってから行きました。

おやすみなさい。明日も元気に過ごしましょうね。それにしてもLのサインは何でしょうね。今度紺に訊いてみますか。

自分の将来を考えそれに向き合うのは勇気がいることですよね。明日がどうなるかなんて、誰にもわかりません。わからないから不安になる。立ち止まってしまったり、どこかに逃げ込んだりしてしまいます。それは誰にでもあることですよ。

でも、きっとお天道さまだって明日のことがわかっていないとわたしは思います。

だからこそ、朝起きたら、今日を過ごせることに感謝して、きちんと準備をしてその日を一生懸命過ごすのですよね。それが人生というものでしょう。そりゃあ上手くいかないことだってあります。いえ、その方が多いかもしれませんね。とかくままならないのもまた人生です。

でも、その一日一日の中で、誰かと一緒に過ごしたり、誰かのことを思ったり、誰かへの思いを大切にしたりする。そうすることで心が豊かになり、明日へ向かう力が湧いてきます。希望を見出(みいだ)すことができます。

我南人ではありませんが、それを人はLOVEと呼ぶのではないでしょうか。

そして、それこそがすべてですよね。

あの頃、たくさんの涙と笑いをお茶の間に届けてくれたテレビドラマへ。

解説

宇田川拓也

本作――小路幸也『オール・ユー・ニード・イズ・ラブ』の単行本刊行時、このタイトルを見て、おや？　と思ったのは私だけではないはずだ。

などと書き出してみたものの、同じように思われた方が実際にいたのか心許なくもあるが、とにかく理由を説明していくとしよう。

二〇〇六年四月にスタートし、累計発行部数百万部突破、連続テレビドラマ化を経て、いまや平成を代表する家族小説シリーズの金字塔として揺るぎない地位を獲得した〈東京バンドワゴン〉が、第二作『シー・ラブズ・ユー』以降、ザ・ビートルズの名曲をタイトルに冠してきたのはご承知のとおり。しかし私は早い段階で「All You Need Is Love」は今後タイトルとして使われることはないと確信していた。というのも、第一作『東京バンドワゴン』最終話のタイトルが「愛こそすべて」である。あの感涙必至の大団円エピソードで使ってしまったのだから、のちのタイトル候補からは当然外れる

――と考えてもおかしくはあるまい。なのに、まさかの『オール・ユー・ニード・イズ・ラブ』だったので、おや？　と思ったのである。

では、なぜ敢えてシリーズ第九作目のタイミングで、このタイトルなのだろうか？　もしやあの「愛こそすべて」に匹敵、あるいは凌駕（りょうが）するほどの重大な〝なにか〟が堀田家に起こるのではないかと、これまで以上に大きな期待と少々の心配を抱きながらいざ読み始めてみると、そこはさすがの〈東京バンドワゴン〉である。七十六歳で他界したあとも堀田家の日常をやさしく見守り続ける母なる語り手――サチによる、恒例となったプロローグ――古書店兼カフェ〈東京バンドワゴン〉と主要登場人物たちの紹介を兼ねた近況報告に、そうした疑問や勝手な予想はたちまち棚上げとなってしまう。

そして、秋の十月の終わり。毎度おなじみ堀田家の賑（にぎ）やかな朝から幕が上がり、〈東京バンドワゴン〉三代目店主――勘一の幼馴染（おさなじ）みで元神主の祐円が銀座で目撃した常連客の藤島直也と〝美人さん〟の真相と疑念、看板娘――すずみが始めた没後二十年近い「川田鉄」なる作家のフェア、以前〈曙荘〉にいた増谷裕太と妹家族の引っ越し、なぜかひとりで絵本を売りに来た女の子、来店した女性脚本家が見せた涙――といった序盤から、もう夢中でページをめくり続けることしかできなくなる。

決して少なくない情報が短い分量のなかに凝縮されているにもかかわらず、読み手に一切の負担を与えることなく引き込んでしまう小路幸也の練達の筆がさりげなくも存分に発揮された、じつに見事な導入部である。ちなみに、これまで巻末の解説を執筆された私と同業の書店員諸氏をはじめ、本シリーズを愉しむには第一作目から読むべきとする声が大多数を占めていることは承知しているが、私は必ずしもそうでなくていいと思っている。なぜならどの巻にも最低限必要な基本情報が用意してあり、いま読んでいる物語が時系列的にどのあたりなのかが一目瞭然という極めて親切な設計になっているからだ。あまり語られることがないように思うが、こうして巻数を重ねたシリーズ作品においても、新規読者やひさしぶりに読み返す読者のための気遣いを怠らないのが、エンタテインメント作家――小路幸也の大きな美点のひとつである。なので、もし本作で初めて〈東京バンドワゴン〉を手に取られた方がいたなら、思い切ってこの巻から読み始めてみるのも一興であると強くお伝えしておきたい。さらにもし、ドラマは観たけれど小説は未読の方がいたなら、やはりここから読まれることをオススメする。制作陣へのリスペクトを込めたある場面の遊び心に、思わず笑みが浮かんでしまうはずだ。

さて、そろそろ収録された四篇について触れていくとしよう。

前述のように始まる第一話「秋　真っ赤な紅葉はなに見て燃える」は、増谷裕太が高校時代に目撃した焼却炉に何冊もの単行本を怒りに任せて投げ込む同級生の姿、いまは亡き小説家の不器用さ、そして父と子の長い断絶が、我南人と孫の研人による〝歌〟によって温かな結末へと導かれ、早くも涙腺が緩みに緩んでしまう、まさに「LOVEだねぇ」といいたくなるエピソードだ。

続く第二話「冬　蔵くなるまで待って」は、堀田家の蔵にある古典籍や貴重な資料類をデジタル化しようという藤島が進めるデジタルアーカイブ事業に端を発する一篇。サチの旧姓である五条辻家の記録に近づく女性ライター、戦前戦後に活躍した探偵小説作家とサチの間にあったと思われる〝秘めたロマンス〟の真偽、そして堀田家が仕掛けるクリスマス・サプライズなど、ミステリー的な面白さが際立った物語となっている。勘一がデジタルに懐疑的な藤島の父に語る、世代による感覚の違いと残すことの意義も深く胸を打つ。

第三話「春　歌って咲かせる実もあるさ」は、いきなり勘一が救急搬送され、愛読者の肝を大いに冷やす衝撃的な出だしだが、ただの盲腸なのでご安心あれ。勘一不在の〈東京バンドワゴン〉に舞い込む、我南人の幼馴染み――薫子がカフェのお代を古銭で払うことから浮上した認知症の疑い、元刑事の茅野が持ち込んだ古い洋書〈血染めの呪われた本〉の謎、〝幸せになるための嘘〟をヒントに我南人が企てる粋な計画など読みどころがぎっしり詰まっているが、〝老い〟が重要なテーマにもなっており、シリーズの今後についていろいろと思いを巡らせてしまう。

そして夏を迎えた表題作では、研人のガールフレンド――芽莉依が企画した〈夏休み中古レコードフェア〉、葉山への海水浴といった愉しい思い出作りを打ち破るかのように、ミュージシャンを目指す研人がロックをやるために高校進学をやめてイギリスに渡るといい出して一同仰天。どのような展開になるかは無論ここでは触れないが、父親である紺が放つ研人が目を丸くするような言葉、いとこである花陽が「忘れてはならない大事なこと」を忘れるなという力強いエール、イギリス人画家――マードックが研人に見せたかったもの、そこに突然現れた驚きの人物など、年齢、性別、国籍も関係なく、将来を見つめる若い眼差しに注がれる様々な無償の愛情に胸がじんと熱くなることだろう。

どのエピソードも、シリーズのこれまでが随所に活きているうえ、これから先の伏線が絶妙に配され（堀田家の猫たち――玉三郎、ノラ、ポコ、ベンジャミンの愛らしい姿の描き方が気持ち強調されているのも、次作『ヒア・カムズ・ザ・サン』収録のあるエピソードへ目を向けさせるためと思われる）、目が隅々にまで行き届き、過不足なく綴られているので、読んでいて心地よいことこのうえない。

こうして本作を通読したのち、改めて先に挙げた疑問について考えてみる。

これほど目が行き届いた物語を紡ぐ小路幸也が、単なるうっかり、あるいは軽々な気持ちで『オール・ユー・ニード・イズ・ラブ』というタイトルを選んだとは考えにくい。

では、なぜ敢えてシリーズ第九作目で、このタイトルなのかといえば、（こうした大仰な言葉を使うことに、小路氏は「やれやれ」と苦笑されるかもしれないが）これは〝決意表明〟なのだろう——と私は思う。

本作は、ドラマ放映後に刊行された最初の一冊である。月刊誌『ダ・ヴィンチ』（二〇〇九年十二月号）の読者アンケート企画で「映像化してほしい小説」第一位に選ばれ、ミリオンセールスを達成し、実際に連続テレビドラマ化されて大成功を収めたわけだが、〈東京バンドワゴン〉は小路幸也の看板作品というだけでなくライフワークなのだ。つまり、この大成功は到達点ではなく、ひとつの通過点に過ぎない。まだまだ堀田家の面々と、あの店を訪れる人々を通じて書くべき愛情が、かつて第一作の最終話に「愛こそすべて」と冠したときと変わることなく、この小説家のなかには脈々と存在しているのだろう。

我南人の「LOVEだねぇ」が本作を象徴する決め台詞であることはいまさらいうまでもないが、恋愛だけに留まらない無数の〝LOVE〟の形を、そして〝オール・ユー・ニード・イズ・ラブ〟を、〈東京バンドワゴン〉はまだまだこれからも全国の読者に教え続けてくれるに違いない。

（うだがわ・たくや　書店員／ときわ書房本店勤務）

集英社文庫

オール・ユー・ニード・イズ・ラブ　東京バンドワゴン

2016年4月25日　第1刷　　定価はカバーに表示してあります。

著　者　小路幸也

発行者　村田登志江

発行所　株式会社　集英社

東京都千代田区一ツ橋2-5-10　〒101-8050

電話　【編集部】03-3230-6095

【読者係】03-3230-6080

【販売部】03-3230-6393（書店専用）

印　刷　凸版印刷株式会社

製　本　凸版印刷株式会社

フォーマットデザイン　アリヤマデザインストア　　マークデザイン　居山浩二

ISBN978-4-08-745430-7 C0193